Destellos en Mí Desván
Por Rostro Enmascarado

Maktub

Los nombres, personajes, lugares, sucesos y descripciones en el presente Libro son producto de la imaginación del Autor.

Cualquier semejanza con la realidad es pura coincidencia.

No está permitida la reproducción total o parcial de este Libro (Incluyendo el diseño de portada y/o fotografías) ni su tratamiento informático, ni la transmisión de ninguna forma o por cualquier medio, sea electrónico, mecánico, por fotocopia o/y fotografía, por registro u otros métodos, sean cuales sean estos, sin la autorización expresa y por escrito del Autor.

ISBN 978-0-9894788-9-2

Copyright © 2013 By Rostro Enmascarado

Printed in the U.S.A

Edición y corrección Rostro Enmascarado
Diseño de portada   Dama Enigmática

Maktub

Destellos En Mi Desván hicieron acto de presencia y el fulgor se posó sobre dicho diamante, todo ocurrió al vértice de un esperado conticinio.

Dedicado a Mí Hijo, columna principal de mi vida.

A Nuria, la Musa inspiradora.

A Mis Padres, quienes en su doctrina para enfrentar Mi vida, me legaron educación, respeto, cortesía y honestidad para ser quien soy en el presente.

A Mi Abuelo, que desde algún lugar del universo sonríe porque sabe que nunca lo olvidé.

A quienes creyeron y no creyeron en Mí.

Y para finalizar, quiero decir "Gracias" A cada lector que tenga Mi Libro entre sus manos, deseando que sea de su agrado y disfrute, porque pienso que: "No hay Escritor sin Lector, ni Lector sin Escritor"

Rostro Enmascarado

"Nací una noche cualquiera, moriré en un momento cualquiera y Mi biografía será escrita por quien no me haya considerado cualquiera"

Cuando estés sola y perdida en la noche, en el instante que el miedo se apodere de tus sentidos, no temas, tan solo busca en las penumbras de la madruga la sombra de mi Antifaz descansando sobre tu lecho.

Julián...

Maktub

ÍNDICE

1. Prólogo — 7
2. El Desván — 9
3. Decidió Vivir — 17
4. Ella — 21
5. Grecia — 23
6. Iniciativa — 27
7. Lealtad — 31
8. Palabras — 35
9. Selva Ciudad — 37
10. El valor de no redimirse — 39
11. Pacto de antaño — 41
12. Si fuera fácil — 43
13. A Mí Madre — 45
14. Diferencias — 49
15. Amante de la Brisa — 51
16. Una gota de Amor — 57
17. Nostalgia de otra vida — 61
18. A Mí Hijo — 65
19. No me enseñaron — 67
20. Burbuja azul — 69
21. Preguntas de un loco — 71
22. Una entre mil — 73
23. Sra. Lemans — 75
24. Epílogo — 77
25. La ventana — 83

Maktub

PRÓLOGO

Es difícil hablar de uno mismo, eso lo decimos todos, pero es inútil no hacerlo puesto que: Si bien un Libro nos lega la posibilidad de ser Almas sin cuerpos, también es verdad, que la única manera de poder darnos a conocer es a través de las palabras… El poder de la misma nos sumerge en caminos sin final, metas por cumplir, proyectos a futuro, dar a conocer nuestro pasado o meternos de lleno en el corazón de otra persona con la sencillez o altivez por la cual nos regimos.

Mil cosas por decir, otras tantas por callar, damos de nuestro interior lo que queremos dar, entregamos momentos buenos, otros no tanto, pero a fin de cuentas así somos, seres humanos en busca de algo más que Vivir…

El titulo de esta primer hoja, por normativa general y siguiendo los cánones impuestos por quien sabe quien, se llama Prólogo. Ahora bien ¿Qué es Prólogo? Según el diccionario, significa lo siguiente "En cualquier Libro, el escrito antepuesto al cuerpo de la obra" Bien, pues me atreví a elegir uno de mis escritos, titulado: "Desafíos de un Escritor" ¿Por qué así? Es simple, considero que cada persona tiene Desafíos, algunos afrontamos al propio Desafío, otros se estancan en esa palabra sin llegar a ningún sitio en concreto.

Yo hice fuerte Amistad con esa palabreja que encierra tantas cosas en la existencia de todos, pero yendo a la Mía, que es en estos momentos la más importante y no por serególatra sino al contrario, es cuestión de supervivencia, ganas de Vivir, reír, sonreír y ser, existir sin medias tintas, Amar en plena consciencia lógica e ilógica de certámenes impuestos por el mandatario de nuestra propia Vida, el mismo que nos alienta o nos hunde… Uno mismo…

El sendero, el cual acepté desde antes de nacer, (Porque creo en la Reencarnación) me ha ido guiando mientras cruzo la línea del universo, donde sin querer me enfrento a límites y fronteras impuesta por hombres, a veces el camino se hace estrecho, en diversas ocasiones ancho, sin pretenderlo llego a esquinas donde me aguardan nuevas metas, diferentes vías, piedras por doquier pero rosas con y sin espinas, aunque a decir verdad prefiero la que posea espinas, ello me hace sentir mejor ¿Por qué? También es simple la respuesta, el rosedal tiene sus raíces, si son firmes es entonces que en el invierno duerme despertando en la primavera, crece y da sus frutos, hermosas rosas vestidas de altivez, pero tan sencillas a la vez y si observamos su tallo, nos topamos con el camino formado desde la tierra hasta su flor, es suave, especial pero nunca recto, tiene sus desvíos en cada nudo y jamás un tallo será igual a otro, tampoco las espinas, siendo de la misma planta pinchan o dañan de la misma manera, a la vez todos sin excepciones, vemos de distinta forma y maneras esa arrogante señora llamada Rosa, su aroma nos invade diferente, convirtiéndonos en esclavos de sus sentidos…

Así…, así es la Vida, al menos la Mía… Encontrarás infinitas carreteras, muchas espinas, pétalos que a veces caen por dolor o Amor, nudos inexplicables, pero raíces firmes, belleza esplendorosa, aroma sutil, colores embriagantes pero no olvides algo, cuando me veas totalmente marchitado, no es que haya muerto… Simplemente me fui a dormir por un invierno para renacer en brazos de la primavera y así dar lo mejor de Mí existencia…

Soy hombre y caballero de corazón, Escritor de Alma y Amigo sin condición… Pero sobre todo, Padre, hermano, hijo y por Mis venas corre la pasión como emblema primordial de un Guerrero insaciable, Gendarme del Amor, Guardián de mis posesiones y jamás me doblego ante el dolor o la traición…

Sencillamente soy un Gitano de sangre y corazón, fuerte, altivo, arrogante, soñador, embustero en ocasiones, caballero rendido ante la más bella canción, soy el Dueño de esa Dama que con su Mirada me Cautivó, enclaustrando sin recato toda Mí adoración, la misma que me posee con ternura y salvajismo haciendo de este hombre un esclavo de su Amor…

Hasta la Próxima

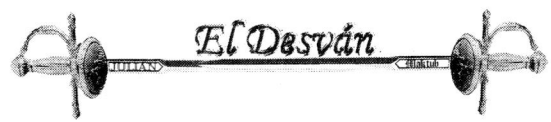

El Desván

Al abrir la puerta de su Desván algo llamó su atención... ¿Qué podía brillar de tal manera que encandilara sus ojos?

Sillas viejas o modernas, una cama, cosas añejas y la sensación de vivir al revés...

Pasiones encontradas y sentimientos endorsados, cheques al portador por una sensibilidad mayor, reencuentro y espera, suelo de madera mojado por lágrimas y paredes con cuadros pintados por sonrisas mañaneras, locuras encerradas en aquella ancestral pecera, pececitos de colores que se visten de algarabía dando existencia a pasiones dormidas, encuentros clandestinos dentro de pensamientos altruistas, sencillez a flor de piel, sangre brotando en el Alma por sueños que se rompen entre furia y calma. Una taza medio llena, la cuchara revoloteando al revés, el azúcar mirando celosa como cae una gota de placer, cuando los ojos se pierden en aquella Rémington del ayer...

La cama sin hacer, secretos guardados entre sábanas húmedas de sueños eróticos, donde la soledad corrompe el corazón de un bohemio, músico, pintor, compositor y sobre todo alocado soñador. La lámpara de techo, el buró, papeles tirados en el rincón, partituras a medias, una guitarra, un teclado, por Dios... Que lástima, allí no cabe un Piano...

El gato entra sin permiso, es el único que puede hacerlo, se acuesta en sus pies y sin premura espera que un pedazo de pan le den... Él dialoga con el felino que se estira sin prisa, le explica que ella no vino pero también lo que quiere redactar en su Libro, las palabras retumbando entre paredes osadas logran que el gato se duerma, sin apuros en la cama.

Todavía está de bata, no se ha duchado, no quiere, hay cosas que deben salir pero la musa aún no aparece, se estira en la silla cerrando los ojos al mundo y tratando de entender porque no llega esa Mujer.

Recuerdos reencontrados, sufrimiento de antaño, placeres celestiales, orgasmos en plena madrugada, un Clímax que asalta el mismo centro del Alma...

Allí nadie limpia, está lleno de polvo, las cortinas no se cambian pero la maquina de escribir esta intacta, las hojas cuando llegan a la editorial, podrían decir que salieron de la oficina más lujosa o del palacio más real, sin embargo ni se imaginan que luego de una ducha, un traje, la corbata, el perfume indicado, la barba recortada y la mirada seria y frontal, por Dios, aquellas hojas tan limpias y perfumadas salieron… De un sencillo y simple Desván…

No importa que sea ella o él, el Arte no tiene sexo y mucho menos edad, tan solo se puede hallar entre las paredes de un mágico Desván, el refugio secreto de un Artista al despertar…

Aunque hay algo que dudo, es lo escrito al principio de esta redacción, los Artistas de verdad no queremos sillas modernas, preferimos lo antiguo, aquello gastado por el tiempo, quizá porque entendemos como nadie puede hacerlo…, al ebanista que en su preciso momento dio vida a una silla de madera creada por manos firmes, tenaces y aventureras, es que aún y a pesar del tiempo, maldito, inclemente, risueño y pendenciero…, no puede con vivencias y recuerdos que eternamente viven colgados de los ancestrales objetos, cargados de energía tan honda, fuerte, intensa y bohemia que tan solo un Creador puede sentirla, al punto de convertir en Cómplice de sus ilusiones y lamentos a ese fantasma tan viejo, que presentándose como macula inentendible de sus voces calladas susurran al oído de un Músico, Pintor, Escritor, Escultor o Compositor vivencias que en vida plena no pudieron decir o quizá la muerte no les dio tiempo a seguir. Tal vez sea la explicación a muchos modernos, de porque un Artista convierte su habitación en Desván desordenado, con todo tirado pero sabiendo de memoria donde está cada partícula de Arte y sueños.

Nunca reproches a un Artista el porque su Desván es un desastre, sencillamente si quieres entrar en él, siéntate, huele, observa en Silencio, disfruta de ese café servido en la vieja taza y al absorber, sostén en la boca por tan solo un instante ese sorbo y podrás darte cuenta que su sabor es distinto, es que tiene la diferencia de ser preparado por las manos de un artífice, cual viajero en el tiempo y dueño absoluto de lo bohemio, trae de otras vidas y firmamentos la posibilidad de entregarte en ese café, un pocillo colmado de fortaleza para que te atrevas a luchar por tus Sueños. No seas cobarde y la próxima vez, tan solo entra y siéntete Cómplice de compartir un espacio sagrado como es el Desván de un Artista que conjuga en su presente las impotencias e ilusiones del ayer.

Siendo portador de lo único que vale en la vida, la sensibilidad otorgada, el sentimiento justo, la locura de una noche y pintar de quimeras la madrugada. Porque al morir no nos llevamos cosas materiales, pero si te detienes un segundo, cuenta te darás que los sentimientos y sentidos hasta un fantasma los puede, a través de Letras y Arte legar.

Porque para locos como quien suscribe, la ventana tiene un significado diferente, a través de ella podemos ver el mundo social, la desventura de humanos que se deslizan por la pista de lujosos aviones, mientras nosotros sonreímos al distinguir la vía del tren vacía y damos gracias por ello, pues caminar por allí es alcanzar una meta, observamos desde el ventanal la prepotencia social y al cerrarla nos enfrentamos a nuestro universo sin igual...

Y la puerta es la roca que frena la irrealidad, las críticas destructivas y la gente rival, aquellos que solo piensan en como tener más, sin embargo para Mí es la llave principal para alejarme de los tontos quienes piensan que estoy loco, sin llegar a entender que: solamente ante el Amor de una Mujer puedo estar a su Merced.

Y el Amor... El Amor habita en Mí Desván y al traspasar esa puerta, debo enfrentar la maldita egolatría vestida de ansiedad.

P.D: Entró al gran salón donde se reunían con el único motivo de alardear de su nueva casa, ellos eran los más ricos de la comarca, dueños de aquella cadena de lujosos hoteles tan renombrada.

Ella no pasaba los 45... Feliz con su Esposo desde hace 20 años, jactándose de sus vienes, esplendores, hijos y joyas... Pero... El Escritor se dio cuenta de...

Y acercándose le dijo al instante de dejar caer algo sobre la mano femenina...

- Bella Sra. Al salir para aquí tuve que abrir la puerta de Mí Desván cuando de pronto, fue un indiscreto rayito de sol que posándose sobre un diamante lo hizo brillar al punto que deslumbró mis ojos, obviamente atrapando mi total atención, me arrodillé sobre la alfombra y justo en el borde de la misma descansaba esto... Seguro estoy que es el pendiente cual Cómplice de un sueño clandestino no permite que esta noche su bello rostro esté del todo resplandeciente. Por favor, vaya al tocador con la creíble excusa de redelinear su maquillaje y despacio pero disimuladamente devuelva esta joya a su piel y entonces me sentiré el más feliz de los Caballeros, por observar en Silencio su perfecto rostro adornado por ambos pendientes, los mismos que su Esposo le ha regalado con tanta pretensión y que usted no duda en perderlos en el Desván de un simple Escritor... Porque puede tener dinero, mansiones y atención, pero solo entre Mis Brazos encontrara el verdadero Amor, la sexualidad y ese erotismo vestido de pasión, donde es una Señora de alta estirpe que se vuelve Mujer, Musa, Amante y sobre todo una cualquiera por alcanzar un orgasmo tan descontrolado e intenso que le haga olvidar desde la cordura hasta su razón... Buenas noches y Adiós...

Sí, definitivamente... Un Desván es gendarme de increíbles secretos vestidos con traje de ilusión.

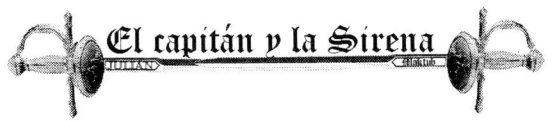

El capitán y la Sirena

Hablando de locuras y penumbras me encierro agasajado en mis senderos, caminos que salpican existencia, sentires que trasportan algarabía y en busca de mis sueños otoñales, te pienso a ti mujer entre las nubes, soñando con despertar a tu lado sentimientos y deseos desmedidos. Me dijo una Sirena con su canto, la sombra de la vida crece fuerte rompiendo las barreras de la muerte. Camina quebrantando dificultades, se fracturan en mis manos vientos fuertes que acarrean del mesón la misma gloria, empujan sin sentido los umbrales de aquel amante fiel del Mediterráneo.

Esconde en su puño un secreto, palpita en su pecho cobardía por ser inerte ante un amor sincero, luchar es su meta en la tierra por esa Dama que una vez fue suya, quien sigue siendo fiel a una promesa, aquella viva voz en la montaña que crece y perdura por los siglos, los mares que sin calma no arrancaron la firme decisión de un Capitán. Aquel que siempre supo su destino, recuerda el marinero la leyenda convertida en una realidad.

La copa rota en sus manos fueron testigos de un encuentro verdadero, sentado en la proa con su pucho intentaba hacerle el amor al océano, pero en medio de las olas una cola prevalecía ante sus ojos tiernos, primero pensó que era un pez, luego un sonido lo hechizo andando, de pronto una Sirena de las aguas salía revelando su secreto, sus ojos parecían dos luceros, su pelo una arrogante selva, su boca proclamaba un deseo prohibido ante sus ojos prisioneros, los pechos que cubiertos por cabellos dejaban entrever su curvatura, donde con arte y sin remordimientos yacía la cintura de esa diva…

Aquella melodía hermosa penetraba sus oídos casi sin consuelo, la sonrisa que adornaba su carita perdían la estrategia del marino.

Una leyenda cuenta, que las Sirenas embaucan a los hombres de la tierra y luego se alimentan con su sangre volviéndolos esclavos de su reino, mas esa Sirena era diferente, perdida en alta mar tenia miedo, un miedo irrelevante y pendenciero cual no le daba oportunidad de volver a su reino.

Entre dos mares estaba navegando, ésta vez la leyenda se quebraba porque esa belleza de mujer, cautiva quedó de aquellos ojos, quizás era que ellos eran verdes, tan verdes como el mar y el mismo campo, en ellos vio las olas de su vida pasando ante su vista con bravura, atrás ella tenia su reinado y enfrente un hombre desafiándola. Ésta vez fue esa reina del Mediterráneo quien loca de pasión soñó despierta, el capitán quiso tirarse al agua embrujado por su belleza, mas ella se dio cuenta que era injusto robarle vida a ese marinero, por eso con temor y con firmeza pidió al cielo una recompensa porque conocía lo imposible…

El Amor vestido de marea… Sonriendo hizo seña a sus compañeras, como diciendo déjenmelo a mi, las otras sin duda se fueron pero ella sonriendo cambio su canto, meciendo en cuna de espuma a su caballero, aquel hombre durmió sin darse cuenta y luego despertó creyendo un sueño.

Pero Una Sirena que lo amaba logró que el océano se moviera, pues con lágrimas de sal y de amor loco lloró hasta purgar su misma culpa creando sin saberlo una montaña,. Montaña que duerme escondida en S'agaro, ella se volvió piedra muy fuerte y él falleció soltero y sin Amor, sabiendo que en su pecho palpitaba el canto desconocido del Mediterráneo…

Y fue desde entonces que en la costa tranquila siempre está sin grandes cambios, pero nadie sabe lo que pasa, cuando comienzan a cerrar las ventanas y las puertas porque azota un viento fuerte como un loco, lo hace degusto para que los habitantes se encierren en sus casas y no vean al marinero que convertido en mar es empujado por el viento, tocando la montaña que es su Sirena, esa Mujer que en vida le Amó y creó una sierra donde poder inmortalizar su Amor y él que en sus mares navegaba, naufragó en el Mediterráneo, Mar sabio, antiguo y soberano, quien en sus aguas lo acuna por la Eternidad.

Aunque aquí ésta historia no termina, él volvió a vivir sin entenderlo y siempre desde chico a España quiso ir a comprarse una casa en la costa, solitario y cautivado por la arena surgió su residencia de la nada, marcada y bien opulenta en su orilla, marcando pautas del pasado, allí acarició la dicha entera de

Amar esa tierra sin ser suya, sin explicaciones ni porqués adquirió lo que para él sería su tumba, pues como en la vida anterior sabia que naufragaría por Amarla, teniendo en su corazón la legacía de un Amor no vivido pero si encontrado y ahora en pos de sus propios sentimientos decidió crear su historia de cuadros, escritos y lamentos, donde con sus manos en el Piano da vida a una melodía irreconocible, casi suicida, triste y alegre, a la cual le puso por título… Amantes de un día, sin saber porque, donde ni cuando, solo sabe que tal sonido lo trae en su corazón en el cual alguien, quien sabe en que siglo, marcó con ahínco y dolor un verdadero sentimiento llamado Amor.

Él sabe que S'agaro es su sitio, ella está durmiendo allí, pero el viento, maestro Egipcio a volado en nombre de las Almas para personificar a esa Sirena… ¡Sí! hay un viento que se llama Tramontana, fuerte y vivo, a quien hace meter a los habitantes en sus casas cada vez que el marinero vuelve como espuma a su orilla, tanto a soplado en el oído de la Sirena convertida en sierra, que después de muchos siglos la ha despertado dándole vida y prestándole un pincel, para que pueda pintar sus sueños de encontrarlo a él y así ella aprendió a hablar, sintiéndose Princesa sin serlo y Mujer sin estrenar.

Otros la han tocado pero aun nadie la hizo vibrar, esperando a su Capitán que en pos de su mirada ha vuelto a Reencarnar eligiendo ese lugar sin motivo ni porqué, en cambio ella sin saberlo y olvidando su vida pasada, muchas veces a ese puerto fue a caminar aireada, desconociendo que buscaba, en el mar perdió su llanto, ocelos verdes palpitaban con beatitud por ver el mar que la llamaba, la misma que cuando el viento sopla su cabeza parecía que se quebraba, sin entender el dolor que la aquejaba, sin comprender que Tramontana, era quien en silencio a su oído en un murmullo soplaba diciéndole, que es hora de despertar al Amor..

Y así es como él siendo un Escritor y ella una Sirena encantada, no entiende aún porque sus pies siempre deben estar libres, no soporta sentirlos aprisionados y es que ella aún no conoce la verdad de su origen... No sabe que a sus 20 y pocos años la operaron de una piedra en el riñón y esa piedra era el resto de aquella montaña...

Cuando juntos toquen la espuma del Mediterráneo S'agaro va a temblar como nunca jamás a temblado... Y ahí, solo ahí ella sabrá la verdad que él le confesará y de la mano caminaran hacia la cima, la misma en que, aunque los descreídos no crean, hay dos Diamantes escondidos, uno Rojo y otro Azul, el Rojo está enterrado el Azul lo traerá la marea, porque son dos piedras que al unirse darán vida a un Amor formado por un Capitán y Una Sirena...

Él Capitán ella Sirena, ella Dama y él... Él simplemente Cautivo en su Mirada...

Decidió Vivir

Despertase confundido entre tiempo y espacio, muy suavemente abrió los ojos, parpados caídos queriendo vivir, hojas secas crujían fuera y el viento lloraba su ausencia.

Las manos le pesaban, debía incorporarse pero no se atrevía, una lágrima indiscreta bordeaba la piel, llanto silencioso dicen por ahí, esos que duelen más que quejidos desesperantes por la cercanía de la muerte... Pero... Él no podía quejarse, tenía que seguir, continuar en una vida donde la muerte sonreía..., él que había pensado mil veces en morir, él que soñó con desistir, aquel hombre sin sueños, expectante rostro de terciopelo...

Un mechón de su cabello caía como al descuido sobre su frente, la misma que guardaba alguna que otra arruga, aunque... ¿Se puede tener arrugas a los 28 años? Sí se puede, se puede cuando los días se visten de locura al traspasar las barreras de la existencia, se puede al cruzar el inverosímil sentido de continuar o detenerse...

Aquella mañana Otoñal fuera, sin embargo, austera y fría por dentro...

Sus ojos verdes, vendedores de ilusiones en el pasado, hoy yacían en los brazos de la incertidumbre... Es que había una desigualdad en su cuerpo, hombre levantador de pesas, casi físico culturista, de aquellos que nunca faltan al gimnasio y mucho menos a las practicas de artes marciales pero... Aquella mañana decidió correr en su deportivo, iba a mas de 180 km y de pronto sobrevino una curva, je..., quiso detener el auto y fue imposible... ¿Qué recuerda de ello? Recuerda lo que no debería conmemorar, aquello que por obligación tenía que olvidar... Quiso frenar y los frenos no respondieron, intentó gritar y su garganta se trancó por el miedo... Todo pasó en segundos, quizá ni tanto... El carro se aventó sobre la yarda protectora, jeje ¿Protectora de qué? Si la traspasó sin problemas pudiendo sentir como crecían alas a su coche y salía volando, solo se divisaban cerros, un lago a lo lejos y piedras al final del precipicio y sonrió... Sí, era una necesidad hacerlo, al menos, en su último aliento de vida la muerte eligió un espléndido lugar para llevárselo, no vio Ángeles ni se encontró con túneles blancos, solo palpaba cada vez más cerca lo verde del pasto y el gris opaco de las rocas y no supo más nada...

Semanas más tarde despertaba adolorido, sentía molestia en su rostro, los músculos acompasados gemían y las piernas, por Dios, las piernas no las sentía...

Miró en rededor, era evidente que estaba en un hospital... A su costado encontró la figura de su mejor Amigo quien dormía en un sofá, no quiso despertarlo pero despertó...
Mil preguntas, algunas tenían respuesta..., otras no...
Un accidente, un Desafío, un rostro desfigurado, la mandíbula salida de lugar, piernas inertes y las palabras de siempre...

- Hicimos lo posible pero... A quedado usted invalido para el resto de sus días"
- De puta madre...

Fue la respuesta de aquel caballero...
Un hijo pequeño que al verle estiró sus brazos diciendo...

- Te Amo...

Mientras tocaba con sus manitos el rostro de su progenitor...
Un niño capaz de reconocer lo irreconocible...
Días posteriores llegó su pareja..., jeje o quizá debería escribir jajaja en son de carcajada... Sí, porque a fin de cuentas las cosas caen por su peso, aquel joven hombre recibió la primera puñalada ante las palabras de aquella mujer...

- Te Amo tanto que no puedo seguir contigo, pues no soportaría verte sufrir así...

Un beso ni siquiera en su piel, ni en sus manos, que a fin de cuentas las tenia intactas... O su boca, que continuaba intacta. No, ella prefirió tirar un beso de sus labios e irse...
La vio marcharse y ni siquiera lloró, no valía la pena...
Meses de terapia donde no sabía si temía a sus curas dolorosas o los gemidos inclementes de personas que estaban peor que él...
Al fin dieron el alta aunque las visitas a los médicos fueron asiduas, jodidas, perseverantes, apenas aprendió a manejar su silla de ruedas... Y le dijo al medico "Caminaré" y el Dr. Sonrió...
Se sometió a varias cirugías, dolió, padeció y en ciento de ocasiones enmudeció... Pero... Continuó...
Aprendió a jugar con su hijo de una manera diferente, pues lo llevaba en la silla de ruedas, corrían carreras y no le permitió a nadie que le tuviera lastima, solía decir que: Con eso no le ayudaban, sin embargo perdió a la mayoría de sus amigos con minúscula, transformando en fuerza aquella

injusticia, desafió a la medicina y caminó, sin explicación científica ¡Caminó!

En cambio, luego de muchas cirugías en su cara quedó algo mejor, no del todo bien, porque una cicatriz gruesa y horrenda surcaba su mejilla derecha desde la frente hasta la barbilla, no le gustaba mirarse al espejo, odiaba las reuniones y prefería la soledad.

Conoció a más mujeres, las mismas que con amor, cariño, orden, derecho y hasta exigencia le pedían que se sometiera a otra intervención, él siempre se negó diciendo que: Si realmente le amaban debían aceptarle así, pero la mentira era verdad, nadie quería mostrarlo frente al mundo...

Una tarde, día o quizá noche, conoció a una mujer a través de Internet y soñó... Rió y se enamoró, otra vez ella pidió cámara para verlo y después de muchos meses la envió, pero no sin antes cubrir su mejilla con una gasa... Ironías de la vida, esa Dama con Amor le reclamó que la venda se quitara y él..., jeje, él dijo "No"

Tuvo miedo y mordiendo la vida volvió al quirófano y se operó... Se quitó lo que había jurado no quitárselo jamás "Su cicatriz" pues ella era la auténtica testigo no solo de aquel accidente, sino también del desprecio que los demás le obsequiaron con falsedad y dolor.

Señores... Desde el primer renglón de esta historia hasta este que acabo de comenzar han pasado 10 años...

Hoy... Él abre los ojos, sabe que hay vida fuera, aunque en esta soberana ocasión, da gracias al Cielo por tener a su lado a la Mujer que de las garras de la burla y desamor lo arrebató...

Hoy sencillamente volvió a confiar, sonreír, Amar, sentir y sobre todo Vivir...

Y al caminar su pasado da Gracias porque aquel accidente que en ese instante le marcó, fue quizá el laberinto que a los brazos del Verdadero Amor le llevó...

Siempre hay esperanza cuando sin darnos cuenta, siquiera nosotros mismos, hay alguien que del otro lado del puente espera para mostrarnos el Paraíso aquí en la tierra... Es que mirando desde lejos la cuestión, creo que: Primero hay que vivir en el infierno para sacar del Cielo lo mejor... Y valorar a la gente por lo que yace en su corazón...

La Luna me acompaña cuando escribo...

P.D. Despertase confundido entre tiempo y espacio, muy suavemente abrió los ojos, parpados enérgicos y seguros de vivir..., hojas secas crujían fuera y el viento reía por su presencia...

Las manos se movían con ahínco, se levantaría en segundos, sonrisa indiscreta bordeaba sus labios, risa silenciosa, dicen por ahí, esas que alegran más que mil carcajadas a todo pulmón...

Pero... Él no podía carcajearse o despertaría a Su Esposa...

Levantándose, dejó un beso en la frente de la Mujer que Ama y continuó a la cocina, donde a través de los ventanales le sonreía la vida y pensando mil veces en la existencia por vivir..., preparó un buen café y soñó con hacerle el Amor entre medio de tostadas, Manteca y espléndido Amor..., aquel hombre con infinitos sueños, expectante rostro de terciopelo...

Un mechón de su cabello caía como al descuido sobre su frente, la misma que no guardaba ninguna arruga, aunque... ¿Se puede No tener arrugas a los casi 40 años? Sí se puede, se puede cuando los días se visten de éxtasis, al traspasar las barreras de la existencia, se puede al cruzar el verosímil sentido de continuar amándose...

Aquella mañana Otoñal fuera, sin embargo veraniega y tibia por dentro...

Sus ojos verdes, vendedores de ilusiones, despertaban cada amanecer en la Mirada de su Princesa... Es que había una igualdad en su cuerpo, hombre levantador de pesas, casi físico culturista, de aquellos que nunca faltan al gimnasio y muchos menos a las practicas de artes marciales pero...

Aquella mañana decidió Vivir...

Ella

Ella me pidió que fuera Romántico, ella me solicitó que simplemente la quisiera, ella me dijo que una rosa podría hacerla sentir una reina y expresó con lágrimas lo que la hacia concebir presa, me susurró que la sorprendiera, me hizo saber que por ella fuera capaz de ponerle alas a un sueño, me dijo muchas veces que le hiciera el Amor en otra parte que no fuera nuestro lecho, me pidió sin censura que tan solo la dejará dormir en mi pecho...

Ella, Mí Esposa, Mí Amante, Mí Amiga y sobre todo Mí dulce compañera...

Y Yo, el tosco, bruto, orgulloso y pendenciero fui aquel que no quiso entregar ese Romance por miedo a lo que los demás dijeran, me importó más no pasar por ridículo que cambiar mi forma de poseerla...

Sonreía al verla ir y venir pero cuando se acercaba dejaba que de mi lo peor saliera, la Amé en silencio..., pero una noche me fui a otro pueblo en busca de unos caballos que a la estancia debía traerlos y de pronto, al pensar en su Sonrisa, ese beso en mis labios y un Te Amo sin remordimientos, sentí mi corazón apenado por haber sido tan grosero y altanero, por eso a escondidas me detuve en una florería y casi sin que nadie me viera compré una rosa blanca, me dio vergüenza y dije, vaya tontería...

La guardé en el bolsillo de mi campera para que mis amigos de mi no se rieran, proseguimos el camino y al llegar a mi pueblo distinguí mucha gente desde lejos, estaban en mi casa, no era extraño, ese día era el cumpleaños de Mí Esposa, pero yo me fui a buscar unos caballos...

Llegué contento, pues por vez primera en su vida, yo... Su marido, le daría con mi regalo la mayor de sus algarabías, pero cual fuera mi mayor sorpresa cuando al entrar en casa me recibió mi suegro, diciéndome son sus ojos inundados por el llanto...

- Querido yerno mucho lo siento, pero mi hija... Tu Esposa, acaba de morir y desconocemos el motivo de su fallecimiento...

Apreté los dientes, fruncí la quijada, entre en la alcoba y la vi allí, parecía dormida, saqué de mi bolsillo la rosa blanca dejándola sobre su pecho, su pecho sin vida...

21

Yo era Romántico pero por miedos jamás tuve el valor de decirlo, mucho menos demostrarlo, yo era Romántico y en vida no le di nada, más cuando arrepentido estaba del mal que le causé, compré un rosa blanca..., la cual marchita y seca sobre su tumba dejé...

Hoy es tarde... Debo dormir...

Ella solo pretendía que yo le diera mi Romanticismo pero no llegué a tiempo a la cita con el Destino...

Simplemente no olvides cada día demostrar el Amor hacía los demás y no te acuestes sin decir... "Te Amo o un simple Te quiero"

Grecia

Grecia... 6:20 de la mañana... 10 grados... Tiempo parcialmente nublado... Pronostico de lluvias torrenciales, acompañada por vientos huracanados.

Apagué el radio y pasé ambas manos por mi cabello, luego de unos segundos apoyé la frente en ellas...

El agua comenzaba a repiquetear sobre el ventanal, pudiendo distinguir gotitas romperse contra el vidrio y caer, muriendo tal vez en algún lago que empezaba a formarse en tierra mojada.

Incorporándome miré en rededor, circundado de puro lujo, sábanas de ceda, araña de cristal puro, piso revestido de la alfombra más cara..., y un gran vacío en mi Alma...

Tomando la campera de cuero salí de allí, bajé escaleras de mármol, llegando a planta baja y al toparme con el recepcionista, éste me dijo...

- Hey... Forastero, déjame advertirte que las tormentas son muy peligrosas por ésta zona...

Sonriendo respondí...

- Gracias por prevenirme, pero..., en mi habitación la tempestad es más intensa que ahí fuera...

Poniéndome el sombrero me fui del hotel.

El viento me dio en plena cara y pedí al Cielo que su fuerza se acentuara... Sentí el frío de las nubes cuando lloran y el agua corría por el costado de mi sombrero, lo quité, necesitaba aún mas la furia del aguacero, rogaba porque la violencia de aquellos vientos me arrancara el amor que guardaba por ella, se tornaba demasiada dolorosa su injustificada ausencia.

Es dolor atacando segundo tras segundo... Fácil de describir, como si te ataran y enterraran un puñal en el centro del pecho; palpar como se desgarran tus células una a una a través del paso de ese filo atravesando tu piel y en desesperación marcada, frente al hecho inevitable de saber que morirás, solo pides a tu agresor un poco de piedad, suplicas que termine de clavarte la daga, pero no puedes hacer nada y distingues una sonrisa malvada en el rostro de tu asesino... Se acerca y cada pocos minutos empuja un poco más el cuchillo, revolviendo la herida y notas como la sangre caliente fluye y va entibiando tu cuerpo sudoroso, el dolor sobre dolor te deja exhausto y alocado, solo anhelas de una vez por todas experimentar la sensación final de ese maldito releje atravesando sin clemencia tu torso.

Sin embargo no, el único sonido existente es... Escuchar el corazón empezando la cuenta regresiva en sus latidos, cada segundo va perdiendo fuerza y el mareo ante la perdida de la vida se mezcla con la agonía al descubrir que: Quien está disfrutando de tu lenta muerte, es justamente esa mujer en quien confiaste, a quien amaste con locura desmedida y por quien siempre estuviste dispuesto a dar todo, sin pensar jamás que, podría ser la causante de tan horrible partida.

De pronto la ves irse, dejándote solo y atado, negándote la oportunidad de luchar por tu existencia y encontrar, quizá, quien cure tu herida...

Con lágrimas en mis ojos caminé por las calles de Grecia, metiéndome en un lugar de esos que permanecen abiertos las 24 horas, donde el placer se vende al mejor postor.

Por mi pinta de extranjero tuve a mi lado dos Damas intentando venderme horas de locura, pedí una copa y solo dije...

- No me busquen... ¿No se dan cuenta que estoy muerto?

Me observaron con miedo al creer que estaba loco. Mi quijada se arqueó en sonrisa burlona al contestar...

- No, no estoy demente, además, tienen mi respeto, al menos ustedes se venden libremente y sin trampas, ella en cambio, ella intentó subastarse con altanería, esa la cual brinda la sociedad...

Bebí hasta percibir que el alcohol nubló un poco mis sentidos.

Escapé de allí costándome mucho encontrar el hotel... Al hallarlo, distinguí una carroza de donde bajaba una Dama, de esas que se hacen llamar Señoras, iba del brazo de un joven adinerado...

Irónica es la vida a veces, era mi amada...

Él mancebo adelantase a recepción y cuando pasé por el lado izquierdo de dicha cortesana, dejó caer su pañuelo, tal vez con intención, sin saber que era yo, esperando la galantería varonil de levantarlo... Inclinándome lo aprisioné en mí mano y expresé al toparme con su Mirada...

- No le entregaré esto Bella Dama, lo tomaré prestado en recuerdo de que Usted una noche fue Mía…

Divisé una gota de cristal caer de su mirada, sonreí sin ganas volviendo a decir...

- No llore por mis palabras y encamine sus pasos al lado de quien pagó por su cuerpo, lamento éste inevitable encuentro, presiento que: Ésta noche, cuando el esté haciéndole el amor, no podrá evitar recordarme al cerrar sus ojos e imaginar como vibraba bajo mi cuerpo…

No dejándome continuar, mi rostro fue cruzado por una bofetada…
Acerqué aquel pañuelo a mi cara, aspirando profundamente el aroma femenino que celosamente guardaba. Luego la miré diciendo...

- Así son ustedes, Damas de sociedad, se venden con sutileza y son peores que una cualquiera y cuando uno les dice sus verdades, tratan de aplacar la ira de la impotencia con un cate, matan al ser que las amó y luego piden de la victima su perdón. Valla con el hombre que la compró, mientras yo intentaré olvidar en cada puerto su prostituido amor… buena suerte y adiós…

Y lágrimas se dieron cita en aquel pañuelo de seda… Sí, Mis lágrimas con su perfume de cortesana.

Iniciativa

Iniciativa: Palabra extraña, dueña de mis principios, excelente manera de una proposición, sentimientos mezclados en dar el paso necesario para una acción, predominante personaje, indiscutible deducción... ¿Cuánta confusión para quien propone algo? Preguntas sin respuestas, ganas de todo y nada, miedo a un "No" Sensaciones activas en tu mente y piel, el corazón late fuerte, cada latido se transforma en alto parlante en tus oídos, la boca se reseca, la mirada fuerte, directa, pero temerosa, las manos sudan, cada músculo se tensa y la razón se pierde y uno intenta buscarla, tirar de los motivos, clamar por un momento de libertad ante el delirio de la emoción.

Y ella está ahí, la ves sentada en el sofá del living, apoyás tu hombro en el marco de la puerta, mirás al rededor, sonreís al ver la bella residencia adquirida para esa Princesa, te encontrás con cada detalle, los ventanales de cristal con vista al mar, aquellas rosas de color definido, la chimenea en el sitio exacto, alfombras Árabes, todo... Absolutamente todo es perfecto y..., pensás, se lo merece... Volvés a levantar la mirada, ella está perdida en aquel Libro, leyendo una historia, quizá de Amor o ficción... ¿Quién lo sabe? Solo ella, pero... Ella se encuentra hermosa, es que es hermosa, preciosa, única, sus piernas mimadas por los últimos rayitos solares que entran por el cristal, es un atardecer perfecto... Su minifalda es la culpable, su camiseta aprieta y realza sus pechos, el contorno de su cuerpo activa aún más mis sentidos, su cabello juega con hombros perfectos... Y en tu mente repiquetea una palabra "Iniciativa" y en tu piel se retuerce una sensación "Deseo" y en tu corazón late un sentimiento "Amor"...

Una lágrima quiere salir, pero la retenés, forzás tu propia fuerza, estás peleando con una simple gota de sal..., y ella gana la batalla porque sale, no lo hace despavorida, no..., se desliza suavemente por tu mejilla, humedece tus bigotes y se detiene en tu labio inferior, la saboreas, llorás en silencio y la capacidad de actuar se escabulle quien sabe donde... Solo te atrevés a seguir observando a esa mujer... "Tú Mujer" Y de pronto te viene a la mente tu niñez, cuando tus padres te decían, aconsejaban o enseñaban a tomar siempre la "Iniciativa" porque eso te hacia ser grande, porque eso te convertía en campeón, en un ser decidido, seguro y frontal, porque solo aquellos capaces de tomar la "Iniciativa" son los que llegan lejos, los héroes, en el perfecto adalid, en aquel que sobresale, en ese mismo que te diferencia del montón porque sencillamente, tomaste la "Iniciativa", y mirás para atrás, y observás tu pasado, y volvés a enfrentar tu presente diciéndote, sí... Has sido un triunfador de la vida, todo lo anhelado lo conseguiste, por esa palabreja de mirada segura... "Iniciativa"

Y sonreís, despacio, muy despacio para no molestarla, giras sobre tus pies y te acercas al bar, que está en tu despacho, en tu lugar, en tus cosas, te servís una copa... ¿De qué? Eso no importa, lo primordial es que sea fuerte, un trago fuerte, algo capaz de quemar tu garganta, ese líquido que adormezca tus sentidos, apretás los dientes, mordés tu dolor y te enfrentas al espejo que adorna tu estudio, sonreís contemplando detenidamente tu rostro, no soy un tipo desagradable, mucho menos mal parecido, tengo mis defectos y virtudes, poseo sentimientos, deseos y pensás, salgo a la calle y me encuentro a mil mujeres que me regalan en una mirada indiscreta y prohibida, la locura de la vida, el secreto de una aventura, pero vos estás enamorado de una sola Mujer, más que enamorado, solo la Amás a ella, a la que está en casa, a la que lee sus Libros, mira su televisión, pasea por su casa, hace todo lo que le gusta, y siempre está sonriente para el resto de la gente y con ello, la predisposición de un sí ante y para lo que sea...

Esa Dama que enloquece tus sentidos, hace latir tu corazón y sobre todo, te enerva el más bajo y alto de tus deseos... Recordás, solo recordás, las veces en que sus manos se enredaron a las tuyas, te apretaron fuerte, sus uñas clavadas en tu espalda en son de pasión marcada, sus labios recorrieron tu cuerpo, se detuvieron en tu cuello y te marcaron con un beso, la sentiste vibrar entre tus brazos, palpaste sus deseos alocados, su demencia cuando un orgasmo sacudía su piel, ella que te ofreció sus pechos en instantes de lujuria, se arqueo al momento de un segundo indiscreto, ella que metió sus uñas en tu pecho y tiró de tus vellos, demostrándote la pasión justa pero incoherente del deseo, escuchaste sus latidos al unísono con los tuyos, la viste hurgar en la más intima de tus intimidades, la escuchaste Gemir descontroladamente, bebiste una lágrima de placer, emoción, locura, descontrol, sentiste morir en sus brazos, la sentiste revivir entre los tuyos, sus manos, gaviotas presentes, tus manos, palomas en primavera, su vientre volcán en erupción, tu momento, el más intenso de los sentimientos.

Un cigarrillo para amenizar tan fuertes sentires, una charla imposible de olvidar, sus dedos, húmedos por lo recientemente vivido, rozan tu frente, sus labios se acercan a tu oído para decir "Te Amo" su cuerpo aún vibra, su razón no existe, te quita el cigarrillo y vuelve a posarse en tus deseos, como mariposa en la más bella de las rosas, vuelve a Amarte, te posee con desmedido frenesí, acalla tu boca con un beso, enciende tus sentidos con palabras fuertes y tiernas, te goza, te siente, se hace sentir...

Y cae nuevamente en tu pecho, feliz, agotada, se duerme en vos, llegas a llorar de felicidad, sabés que la Amás, conoces a la perfección sus instantes, su delirio, su locura... Y amaneces con la mayor beatitud, sonreís a la vida, te confabulas con el Destino y abrís tu pecho al viento, sabiendo que: Nada ni nadie es más fuerte que vos.

Tirás la copa contra el espejo y volviendo al living, está vez si te acercas a ella, despacio, casi sin hacer ruido, al sonido silente de tus pasos, levanta la mirada, te inclinás un poco, besas su frente y le decís...

- Mi Amor, iré un rato al jardín...

Acentúa con sus bellos ojos y te vas. Al salir, viene el perro a tu encuentro, sonreís de nuevo, porque él corre moviendo su cola, no te deja en paz hasta que lo acaricies, ladra, corre y mirás el cielo, allí, donde el sol está yaciendo en los brazos del mar y te preguntás ¿Cómo es posible que el mar jamás se canse de Hacerle el Amor al Sol y viceversa?... Pero inmediatamente te llega la respuesta... Alguien te dice al oído, quizá es el canto de una Sirena... "Eso Mi Querido Caballero, eso es el baile del Amor y la Eternidad..."

Te das una ducha tibia, tus manos consienten tu piel, lágrimas de impotencia se mezclan con el agua y un poco más calmado regresás a la cama, la ves dormida, te acostás sin hacer ruido y tan solo le das un beso en la frente, no te através a besar sus labios, porque tus deseos podrían volver a despertarse y te darías cuenta que: De nada valió la ducha... Y temés que abra los ojos, porque sencillamente al mirarla a los ojos y decirle...

- Amor Mío Te Deseo...

Ella sencillamente y sin remordimientos, respondería.

- Esta noche no...

Un día simple, un simple día, descubrís que la vida es bella y que del otro lado del puente...
Un día descubrís que: Sos importate en tu propia vida...
Un día descubrís el sabor de los derechos a ser feliz...
"Iniciativa" Palabra fácil de pronunciar pero tan difícil de actuar...

Nunca sientas que todo en tu vida es seguro...

Lealtad

Tarde sombría, riguroso transito empedernido, locura de la gente escampando la ciudad en busca de tranquilidad, ferviente deseo en mis pensamientos.

Conduzco el auto en plena ruta de una metrópolis casi suicida, la aglomeración me pone loco, estancamiento de coches por doquier, el frío es intenso, las gotas de lluvia dibujan mil formas ante mí, sueño despierto...

Cruzo el Lincoln Tunel y adentrándome en New Jersey, al fin se aclara un poco el camino, ante mí tengo la ruta 1-9 y el Turnpike, mejor ir por este último, es más rápido, la 1-9 tiene infinitos semáforos de nunca acabar.

Después de 15 minutos puedo entrar en la salida 15W, directo a la 280 West, me interno allí y la lluvia parece menguar.

Las 5 de la tarde al vértice del otoño e invierno, se me hace pesado el camino, pongo un CD de música clásica, por ahí se escucha el sonido de un Piano, me relajo... Continuo entre tanto mis labios sostienen un Parliament 100, mis cigarrillos de siempre.

Ante mí se abre un conjunto de paisajes únicos, montañas, puentes y naturaleza casi salvaje. Después de 20 minutos en la carretera entro en la salida del Lake Hopacon, sigo por 10 minutos más, llego al lago, doy la vuelta subiendo una pequeña montaña y por fin puedo estacionar allí.

Bajo corriendo, las llaves quedan dentro, pero no me preocupa, ahí nadie es capaz de robar nada, toco timbre, tiemblan Mis manos, aguardo impaciente y se abre la puerta, aparece ella, tan radiante, exuberante y sensual... Con aquellos pendientes de Cristal Rojo, únicos en su género.

No puede ser así, pienso, ella sonríe diciéndome.

- Esperaba por ti...

No puedo hablar, las piernas vibran, pero ella... Ella engancha mi corbata y tira sin pudor, acercándome a su rostro dice muy cerca de mis labios.

- Esperé demasiado este momento como para desperdiciar un solo segundo... Bésame...

Pero no quise besarla, cerré los ojos limitándome a sentir su boca roja sobre la mía, jugueteando sin cesar, torturando los sentidos, llamando al olvido y la moral, un suspiro se escapó.

Entré cerrando la puerta con el pie la tomé en mis brazos, caminé al dormitorio, la dejé en la cama, la observé en silencio...

Estaba siendo el peor de los bastardos, me convertía en el clandestino más feliz de los mortales, pero de pronto..., a mi mente llegó el ruido de una pelota, el trinar de los pájaros en un partido de fútbol, donde mí hermano era el mejor atajando goles, ese día el partido se decidió por penales, él siempre había sido el mejor en todo y de pronto estábamos frente a frente, él cuidando el arco, yo esperando el silbido del arbitro para pegarle a la pelota y al fin ese silbido se escuchó, metí el gol y mí equipo ganó el partido.

Al finalizar el mismo le pregunté.

- ¿Cómo es posible que no hayas atajado ese gol?

Respondió sonriendo.

- Por el único que puedo dejarme ganar es por ti que eres mi hermano.

Al fin de cuentas mi hermano mayor, el mismo que me regaló la primer corbata, quien me enseñó a conquistar una mujer, con él fui al primer baile, estuvo fuera del hotel la noche que debuté, quien permaneció en el hospital durante largas noches sin dormir, cuando me quebré una pierna, el mismo que al partir por un viaje de negocios me dijo.

- Te encargo a mi esposa.

No debía dejarlo plantado por culpa de estar con una mujer.

Mi camisa a medio desprender, la estrujé entre mis manos, sonreí con miedo pero seguro y le dije a ella.

- Debo irme.
- ¿Justamente ahora? No me puedes hacer esto...
- Mi hermano llega en dos horas al aeropuerto J F Kennedy y no puedo fallarle, debo ir por él.

Me miró con desprecio, salí de allí corriendo, algo quemaba mi garganta

Llegué al aeropuerto después de una hora de camino, fumé nervioso, caminé impaciente y volví a entrar, anunciaron que el vuelo arribó sin complicaciones y luego de 15 minutos lo distinguí entre la gente, corrí a su encuentro, lo abracé en silencio, me palmeó la espalda como de costumbre y me dijo.

- ¿Cómo estás querido hermano?
- Muy bien ¿y tú?
- De maravillas.

Ante nosotros apareció su esposa, quien venía retrasada, lo abrazó con fuerzas, se besaron en la boca, me saludó con un beso en la mejilla y él dirigiéndose a su amada, comentó.

- No te esperaba, nunca vienes a buscarme…
- Es que hoy quería hacerlo.

Mi hermano se despidió con un apretón muy fuerte y comentó.

- Te quiero hermano y gracias por todo.
- De nada y se feliz.
- Siempre lo soy o ¿no te percatas con la mujer que me he casado? La más bella diva y sobre todo de quien vivo cada día más enamorado.
- Me alegro por los dos.

Ella se despidió de mí con otro beso en la mejilla y los vi alejarse tomados de la mano, iban sonrientes y felices.

Y cuando salieron a la calle rumbo al estacionamiento, ella miró hacia atrás, pero entre la gente, solamente pude distinguir el reflejo de la luz artificial sobre un pendiente Rojo Cristal.

Siempre hay tiempo para rectificar.

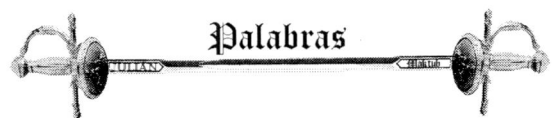
Palabras

Por palabras se recibe a un niño cuando nace, se da el si en la Iglesia al casarse o se convence al juez para divorciarse.. Las palabras condenan a muerte al culpable o inocente, se le educa al crío, se encamina al adolescente, las palabras nos cautivan, nos enervan, nos definen, nos entregan en una noche de pasión desenfrenada, cuando es el si de esa Dama Amada, quien nos deja proseguir al sentir en su escote nuestra mano de marfil...

Son las palabras que nos frenan al pasar, que nos llaman al seguir o nos incitan a cambiar, las propuestas indecentes, la cordura o la sinceridad, la mentira, los recuerdos, los momentos al soñar... Fumemos un cigarrillo, compartamos el mate o te invito un café... Dialoguemos en Silencio, miremos el Mar o démosle rienda suelta al hablar...

Palabras que se expresan al mirar el firmamento, entregar un anillo o decir lo que tenemos dentro... Situaciones amargas, dulces tardes de nostalgia...

Palabras que ordenan una guerra o detienen una muerte, las que dicen..., al paredón o aquellas que reconocen haber cometido un error, expresiones que sin saberlo, entregan felicidad o portan la maldad, los altavoces anunciando la llegada de ese vuelo que trae a tu ser Amado, o las del medico en el hospital diciendo que no se puede hacer más

Nos cambia la vida, un instante, una situación, nos redime a ser nada o a ser todo por Amor, sabemos que están allí, muy metidas en el corazón y en ocasiones sentimos no poder manejarlas con altura, orden y entera educación...

Palabras que duelen y lastiman a quien Amamos, o que llenan de felicidad a quien en nuestros brazos mimamos... Cuando estamos enojados, las palabras son puñales desconsiderados que se clavan en el Alma de quienes atacamos, pero son esas mismas palabras transformadas en disculpas, que curan esa herida cuando reaccionamos...

El poder de las palabras que a algunos no les hace falta pero a otros nos quiebra el Alma... Palabras que a veces son indiferentes y otras tantas nos devuelve la vida en una sola expresión, palabras que poseen la fuerza de levantarnos cuando estamos caídos o de tirarnos cuando somos altivos...

Palabras que se le ponen a una melodía y forman así lo mejor de una canción... Un Te Quiero, Un Te Amo, lo mejor de nuestro Yo...

Palabras que quizá no hacen falta, pero otras veces nos regalan una sonrisa, nos arranca una Lágrima o nos da de frente con la realidad dulce o amarga, de una inesperada situación bruta o acompasada.

Las palabras dueñas de mis historias, guardianas de infinitos secretos... Con una palabra se hunde y con otra se levanta, con buenas intenciones se eleva al cielo y con otras tantas se difama...

Palabras que como dije antes, a algunos les son indiferentes y a otros nos pega en el centro del Alma...

Pero... ¿Qué sería el mundo sin palabras?

Por eso al levantarte cada mañana recordá algo... Tené en cuenta que... Quizá sin que te percates de ello... Una sola palabra salida de tus labios puede rescatar del abismo a un ser humano, darle aliento a un niño cansado o sencillamente decir a tiempo un... Te Amo...

Y con ello saber que somos dueños de lo que en palabras legamos...

Selva Ciudad

Aquella madrugada abracé la noche, le pedí al Cóndor que menguara su vuelo dejándome así en pleno silencio... Tan solo escuché el sonido de algún búho y lo imaginé, estaba posado sobre una rama ni ancha ni angosta, lo suficientemente perfecta para que sus patas la atraparan, desde allí podía distinguir lo que sucedía a su alrededor.

El grillo hizo sentir su presencia, su canto me hacia sonreír y un sapo juguetón parecía que deseaba alegrarme, ya que andaba saltando cerca de mi.

Nunca me cuestioné el porqué tan bien entiendo el lenguaje de los animales, jamás les tuve miedo y ellos siempre me buscaron, considero que el conocer bastante la fauna, me hace no comprender al ser humano, pues he observado el amor que se profesan, aprendí el valor de la supervivencia, la lealtad y el respeto que se tienen, aún cuando el más fuerte puede imponer su voluntad no lo hace, respeta a su compañero y admiro el valor de la libertad que poseen, como la fidelidad convive entre ellos y es increíble ver, de la manera que lloran un cachorro muerto o un gorrión enfermo, jamás abortan, no tiran a sus crías y el ser humano dictaminándose el más fuerte e inteligente no a llegado a entender el verdadero valor y autenticidad de la vida.

No hace mucho vi como el Cóndor, ese Amigo Mío, lloró la muerte de su pareja, la muerte provocada por una mano humana que quiso tener como trofeo un Cóndor embalsamado en su casa, pensé... Quien lo hizo no tiene justificación frente al cruel hecho de dictaminar el fin de la vida de ningún animal.

Hablan de selvas, y la peor de ellas está en las ciudades, por donde caminan seres con rostros bonitos tratando siempre de ser mejor, no ante ellos mismos, sino frente a los demás, imponiendo el egoísmo, la envidia y esa manera de querer ser más que su hermano.

Altos edificios construidos de piedra, desamor e intolerancia...

A ver..., parece una subasta, quien adquiere el mejor.

Esas grandes tiendas que venden la piel de animales, grandes hazañas incomprensible ante mis ojos. ¡Dios mío! ¿Acaso hay alguna persona que sienta alegría al vender la piel de su hijo y que un Rey la lleve colgada como símbolo de riqueza? ¿A donde vamos en esta selva de cemento, egolatría, envidia y sobre todo poder? ¿Quien les da el derecho de matar animales cuando estos solamente nos entregan felicidad?

Sí, es verdad, está el León, salvaje pero tan fiel, tan protector de sus cachorros, es lógico que sea también defensor de su vida cuando la mano humana quiere apoderarse de su existencia.

Quiero concluir este escrito diciendo algo que siento... El animal más cruel, porque no mira el sentimiento, ni siquiera de sus propios hijos, es el humano, que teniendo todo para ser feliz ahoga su existencia en la maldad misma de ignorar que guarda en su interior.

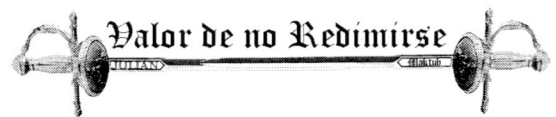

Valor de no Redimirse

Sentir que la existencia se escurre entre las manos por tener y sostener los deseos a flor de piel arrancados sin piedad por una Mujer a su Hombre.

Esa Dama dueña de ojos culpables, si culpables de la desesperación mantenida en Mí, ese irresistible momento de pensar en tenerla, viendo como va y viene, su caminar el contoneo en la Mirada profunda y celestial, pura, ancestral, picara, llena de provocación y promesa, promesa de instantes únicos, donde se puede llegar a rozar la bóveda celestial en pos de un deseo...

El Amor que despierta Mis más escondidas ganas, esa Dama que siendo tan Dama, es capaz de arrancar sin compasión ni razón el erotismo más fuerte, perfumado de sensualidad con pinceladas de agonía.

Ella, que siendo tan inocente se convierte en sublime Amazona cruel al mirar con seducción, quien sin preámbulos desgarra Mí pecho con un beso alocado y bohemio, marcando el contorno de toditos Mis anhelos, quien enredándose en Mí pelo me lleva a la gloria exigiéndome un intenso momento.

Mí Mujer, la misma que se trepa por mi cuerpo dejando entrever la locura de instantes inciertos, quien no solamente Ama, sino posee con su Alma y la profundidad de su Mirada corriendo tras un sueño.

Ella... Mí Dueña, la única fémina capaz de volverme loco al punto de querer morir tras la deliberada instancia de pertenecerle, con el ahínco marcando senderos...

Ella, quien induce a que la Ame más allá de todo, dándole vida a Mis manos, que la recorren sin piedad ni consuelo, transitando montañas hasta la cima de sus pechos, deteniéndome un segundo para disfrutar de su sediento cuerpo, volver a recrearme en su cuello, beber de su boca y sentirme su entero Dueño, apretar sus manos contra la cama, pedirle tiempo al tiempo, sentir que Mis caprichos crecen al compás de mis sentimientos, caminar por su vientre llegando al mismo centro de urgencias, que claman a Mi boca la sensación de un mayor acercamiento... Hurgar sin prisa en el umbral de su cuerpo, sentir mis labios empapados en busca de un silencio roto por su Quejido impaciente ante la proximidad del placer más intenso.

Sentir sus manos tirando de mi cabello, intentando ofrecerme en su vaivén, lo más hermoso de ese lapso donde sobran y faltan argumentos, no detenerme hasta sentir en Mis labios la exuberante locura de una entrega total, esa donde se experimenta la cesación de vida, quedando en las puertas de la locura por degustar su Esencia, quebrantando esquemas, bebiendo de su piel, lo más fuerte de un trance impulsivo y directo…

Sentir su temblor a las puertas de ese Clímax y subir despacio para entrar en su cuerpo, palpar su textura y rendirme ante la beatitud más grande de Mi vida, quedarme quieto y detener el tiempo, apretar sus manos contra la suave seda de las sábanas cómplices de un encuentro perfecto, donde aun vibrando de deseos, sean las pieles que hablen en su sabio lenguaje de sentidos propios y ajenos, para contener sin pausas ese calido momento, donde las Miradas se unen, donde los labios callan, solo por un segundo, porque después los Gemidos se encuentran, las manos se aflojan y el Clímax hace acto de presencia, al unísono, sin preámbulos ni más nada que el relampagueo de estrellas custodiando a dos Amantes que han viajado al firmamento.

Sentir explotar dentro de su cuerpo, palpar la humedad de una entrega sin desconcierto, sabida, esperada, anhelada y cuidada por Nuestros Sentimientos, esos que se encuentran frente a frente ante los jueces del mismo Amor vestido de Silencio, donde los labios callan lo que las Miradas entregan en dialogo perplejo.

Caer rendido y dormir entre sus pechos, despertar con el aroma despedido por Amantes Eternos, donde sencillamente se unen las manos, hablan las Almas y se complementan en ese imprudente misterio, el cual es… No comprender la arrogancia de una entrega, esa posesión sublime de Almas, pieles y corazones sedientos…

Durante el día somos Amigos, Marido y Mujer… Matrimonio, Padres y cuantas cosas más, pero de noche cuando el Destino se sienta a beber una copa de vino con la Vida, nosotros escapamos deliberadamente al umbral del cielo, para arrancarle una sonrisa a la Eternidad, porque dentro de la maldad escrita por la misma humanidad, al menos hay seres que aun Viven y creen en la Entrega de Amor Total… Donde no existe censura ni trivialidad… Solo la reverencia del Amor en su máxima expresión…

Arrancándole a la Vida la Esencia de la sinceridad junto a la más intensa realidad de ser tan solo dos y nada más…

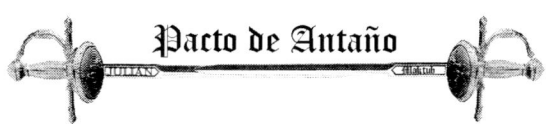

Pacto de Antaño

Shhh... Quiero que bajes la voz, no hables, no digas nada, permite que actúe el Amor. Siente mi dedo dibujando tu rostro, deja que mis manos moldeen tu cuerpo, permítele a la pasión instalarse entre los dos y que sea ella quien nos guíe en ésta tierna locura de cariño y redención...

No digas nada y mírame a los ojos, encuentra en ellos la verdad de mi existir, déjate guiar por tus instintos de mujer, déjame entregarte desde mi Alma hasta la piel. Quiero sentirte, deseo amarte, quiero venerarte y convertir mi entrega en un ritual de Amor, espiritualidad y libertad... No, por favor no me toques y solo disfrútame, siente que es que te amen, palpa la fragancia de mis manos que con lentitud están reconociendo el contorno de tu cuerpo, pechos perfectos, cintura amarrada, caderas moldeadas, locura en mi lecho...

Cierro los ojos, se escapa un Te Quiero, te miro de frente, mi boca se pierde en tu cuello... Te beso, te acaricio, te disfruto y te gozo... No, aún no me toques Mí Amor, deseo deplorar la humedad de tus entrañas, sentir mis dedos acariciando mañanas, conciente a mi boca que encuentre el camino de tu vientre, la tibieza de tus piernas y encontrar la razón de vivir en el interior de tu fragancia.

Mis labios buscando senderos, senderos húmedos de tu manantial incierto y beberte entera, beber hasta que me entregues la ultima gota de tu placer, que sin censuras te hará sentir de verdad Una Mujer, tan pero tan Mujer, que tus ganas se vestirán de arrogancia para entregarme la lluvia suave y dulce de tu origen cristalino, limpio, puro, lleno de Amor, altanería y versatilidad, donde la razón se escapa para mirarnos de lejos...

Shhh, no hables aún, solo deja que tus suspiros alocados se conviertan en hondos Gemidos de un Amor que estaba dormido en los brazos del viento... Anhelo amarte de a poco y sin prisa, al igual que el jazmín invade con su aroma la otoñal brisa. Voy a hundirme en tu cuerpo, sentir el final, quedarme quietito y sentir que me aprisionas, que tiembla mi cuerpo y se escapa mi Alma, morder tu cuello y sentir tus uñas clavadas en mi espalda...

Sentir que te asalta el Clímax, te muerdes los labios, por favor no me niegues tu mirada, mírame de frente y siente mis ganas alucinadas por tu arrogancia, por la altanería en que te entregas, por la locura en que me decís "Amor no puedo más"

...Es tocar el Cielo con mis manos sentirme en tu interior estallar...

Quedarme rendido sobre tus pechos y escuchar como hablan nuestros corazones alocados, como cabalgan desesperadamente desbocados...

Amor déjame dormir en tu regazo, quiero que despertemos empapados, con tu sabor en mis labios y en mi pecho guardada tus manos, te amo Cosita Mía y jamás me iré de tu lado... Es un pacto de Amor, Pacto de Antaño...

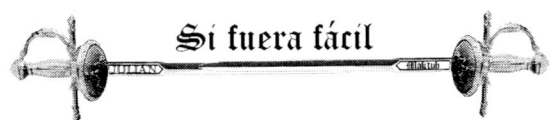

Si fuera fácil

Si la vida fuera fácil estaríamos aburridos de vivirla, si fuera imposible no sobreviviríamos, por eso es difícil y en ese trayecto de senderos encontrados, podemos hallar la diferencia entre seres humanos.

La balanza para valorar aquello que pesa más, la igualdad porque con ella podemos sentirnos libres y tan idénticos como distintos, también entre otras cosas, poseemos el poder de decisión ante instantes primordiales y escépticos, carismáticos y sencillos, pero solemos quejarnos por la falta de cosas sin llegar a valorar en su totalidad la esencia de la vida.

Por ejemplo, mantener con todo amor lo poseído hasta el presente y jugar con los colores del destino, dándole aliento a lo bello de un instante, porque cuando ese momento pase, ya habremos perdido la oportunidad de vivirlo y aunque volvamos a tener parecidas situaciones, jamás serán igual a esa que dejamos pasar.

A Mí Madre

Estaba sentado sintiendo como el borde de la pipa besaba Mis labios, cuando de pronto se acercó un niño preguntándome... ¿Qué es una Mujer? Sonreí de costado viendo como se alejaba tras una golondrina y perdiendo la mirada en aquel bello atárdecer, olvide la cuestión, pero...

Sin esperarlo volvió a mis pensamientos aquella interrogante, miré un Cóndor sobrevolar mi estancia y entre tanto escuchaba el relincho de un potro pensé...

¿Una Mujer... Qué es una Mujer? Y recordé a Mí Madre.

La Dama que fue injustamente criticada por no trabajar fuera de casa y muchas veces oí cuando le decían... "Sos una mantenida" Mí Madre sonreía, sin embargo sentí en más de una ocasión como se bebió una lágrima de impotencia y respeto por quien no lo tenía para con ella.

Je, cosas de la vida, la envidia de la gente, pero... Aquella Mujer... "Mí Madre" tenía un extenso currículo de profesiones sin diploma, era ante todo Madre, casi empleada de sus hijos y Mi Padre.

Mantenía la casa limpia, no recuerdo jamás haberme acostado entre sábanas a las cuales les faltara aquel aroma tan peculiar a limpio, Mí cuarto aún siendo grande era ella que lo conservaba intacto, yo me enojaba porque rezongaba al ver mis cosas tiradas, como cualquier adolescente alocado y que le importa una merd lo que hace su Madre, uno se acostumbraba a que ella, sencillamente, ella haga las cosas.

Cuando una de mis hermanas o yo nos lastimábamos, era ella la enfermera, un dolor de muela, un golpe, un corte, ¿Qué más daba? Lo importante es que nunca faltó su presencia en noches solitarias, cuando me quedaba hasta altas horas de la madrugada estudiando porque tenía un examen y lo comprendí de grande...

Mamá se levantaba, pasaba por mi habitación diciéndome con dejo de indiferencia... Me levante al baño, si querés te preparo un Té... Me lo traía calentito y con la cantidad de azúcar que correspondía... Con mil excusas por descubrir, no solía irse a descansar hasta que veía la luz de Mí Alcoba apagarse, aunque no obstante, aguardaba varios minutos y con otra excusa, la de venir a llevarse la taza del Té, me cubría un poco más, aunque fuera pleno verano...

Al amanecer cuando me despertaba, antes de irme a secundaría desayunaba aquella tazona de Té y el pan con Manteca o solo, biscochos tal vez, si había dinero para comprarlos, decía que debía alimentarme, aún si estaba gordo o no tenia hambre...

En épocas jodidas muchas veces se sentó a la mesa y mientras el plato de mis hermanas, el de Mí padre y el Mío estaban rebosantes de comida, el de ella se encontraba vacío... recuerdo sus palabras frente a las preguntas de nosotros... ¿Y vos no comés? No... Respondía, no tengo hambre, y cuando uno crece se entera que es mentira, si Mamá mentía... Mentía porque sí tenía hambre, pero como había escasez de dinero, ella se alimentaba el Alma entre tanto nos veía a nosotros, los seres que Ama, llenar el estomago.

Recogía los platos y cada uno se iba a seguir con sus cosas, la dejábamos allí, como empleada de la casa.

Más de una vez cuando nos pedía un beso, uno respondía, Mamá no me hagas pasar vergüenza, estoy con Mis Amigos... Y corríamos a vivir la juventud sin ver esa tristeza por el rechazo de un hijo frente al Beso de una Madre, pero ella...

Ella seguía en Silencio, o sea, con los años uno se percata que esa Mujer también tiene otro titulo, la de Psicóloga sin diploma, pues dentro de sus mil defectos, sabía comprender la juventud como quizá, no la sabe entender ese que es diplomado...

Al ir de vacaciones, quien arreglaba la ropa en su respectivo lugar era ella, quien nos cuidaba era ella, quien le aprontaba el mate a Papá era ella, o sea la Mujer criticada por no laborar fuera de casa, era quien trabajaba noche y día, sin descanso, por cuidarnos y hacer de su hogar un Paraíso y no justamente para si, sino para su Esposo e Hijos.

Escuché a Mí padre o hermanas, tanto como a Mi mismo responder cuando nos pedía algo en pleno tiempo de distracción... No me rompas los cocos que estoy de vacaciones.

Cuando emigré del país la escuché decirme en el aeropuerto, espero que todo salga bien, sus ojos alegres por apoyarme en una decisión jodida, escondía tras esa mirada confusa, la agobiante realidad de separarse para siempre de un hijo, pero yo seguí Mí camino sin mirar atrás...

Siempre me retaba por las cosas que no estaban correctas, más cuando alguien me atacaba salía a defenderme casi como una leona, me sorprendía su actitud pues era una Mujer tranquila...

Transcurre el tiempo, los años, imperdonable Destino que nos acecha sin consideración y por ahí encuentro mujeres a Mí paso, pero soy Bohemio, Soñador y despreocupado tanto como despistado, vivo solo, hago todo lo que corresponde y Mi vida se convierte en un ir y venir sin esperas ni análisis, soy un tiro al aire, como se acostumbra a decir en Uruguay cuando realmente no sabés lo que buscás en los senderos de la existencia, uno puede ser muy correcto, amable, cortés, educado, respetuoso y defensor de sus valores, que a fin de cuentas me los inculcó

Mí Madre, porque Mí Padre, si bien puso parte de la educación, era Mamá quien estaba cada segundo educándonos…

Pero… De pronto, cuando me pregunto mil veces ¿Por qué vivo, cuál es la razón de estar vivo? Se cruza en Mí senda una Mujer…

Huuy, una Mujer con todas las letras y me doy cuenta que… Ella cambia todo en mi itinerario de Vida, desde Mí manera de actuar, hasta de pensar, acomodando cada error, sintiendo que puede hacer de Mí un perfecto ser humano y transforma los defectos en virtudes, dejando que yo mismo entienda el porqué de los cambios…

Ya no estoy solo, me siento bien, me sonríe el Destino y la palabra Amor toma un significado, el corazón se ablanda, el Alma se encoge permitiendo que nuevos Sentimientos entren y veo como la muralla fría y estática que estaba entre los demás y yo cae, sí, cae sin preámbulos, como las hojas secas del otoño… ¿Y qué es lo que encuentro?...

Encuentro paz, sosiego, la verdad hecha carne y esa mano tibia cual paloma sensible se posa sobre Mí frente para calmar mi cansancio en tardes repletas de mil problemas en mi cabeza, me da la tranquilidad de sentirme seguro entre sus brazos, Amante de lo eterno y Amigo del mismo tiempo, es la Dama que aún teniendo sus propias preocupaciones, las deja a un lado para atender las Mías, la Diva cual escapada de un Sueño renuncia a sus deseos por colmar de felicidad los Míos, quien a veces no duerme porque me aqueja un simple dolor de cabeza, esa misma que rozando Mi piel me enerva a tal punto que olvido Mí nombre por revivir dentro de ella, la Mujer quien soberana Princesa de Mis días y auténtica Emperatriz de Mis noches, sabe como convertirme en hombre y arregla mi corbata de Cortés Caballero durante el día… Esa Dama que no se de donde saca tiempo para atender a los hijos, saber como está la Familia, reunir a los Amigos y hacerme el más feliz de los mortales…

La veo acariciar Mis Manos, celosas guardianas de Mis Secretos, ella que limpió Mí piel de tantos pasados devaneos y convirtió Mí lecho, en un Lecho pulcro y puro haciéndome olvidar hasta la ultima de mis aventuras.

La Mujer que borró mi pasado con sus Besos, y dejó sus caricias en Mí cuerpo para aniquilar las desilusiones que traía por dentro…

¡Por Dios!... Aquel niño se fue sin yo poderle decir lo que para Mí significa una Mujer…

Ojalá y el tiempo al igual que a Mí, le de la oportunidad de descubrir en los ojos de su Madre y la Mirada de la Dama que en su camino le acompañe… Lo que verdaderamente es Una Mujer…

Mujer… Pero… Si nacemos de una Mujer y al morir nuestra mano es sostenida por una Dama, cual altiva, soñadora, Amiga, Amante, Señora y sobre todo, Amorosa, es quien se bebe las Lágrimas cuando el hombre que Ama, sea un Hijo, el Padre o ese Caballero compañero de su vida está en las puertas de la muerte, porque solo una Mujer es capaz de estar cuando nace un hombre y también cuando muere...

La Mujer es el único ser humano capaz de tener y sostener la suficiente fortaleza de no demostrar su flaqueza por realzar la inexistente fuerza de un Hombre cuando éste necesita el apoyo de alguien, aún cuando ese apoyo sea sujetar nuestra mano cuando la muerte viene a buscarnos y el miedo lógico y entendible, se transforma en el mejor Sentimiento, tan solo por tener "Esa Mujer" protegiendo nuestros temores...

Esa Mujer que siendo Madre se lleva bien con la nuera aún teniendo en sus Sentimientos los celos y la Mujer que siendo Esposa sabe compartir con su suegra a su hombre y también se come los celos y tan solo se saben entender a través de las miradas de comprensión, rivalidad, celos pero respetándose y queriéndose por ser y hacer feliz al mismo Caballero que ambas Aman...

Espero que cada hombre pueda encontrar la respuesta al verse en los ojos de su Madre y los de su compañera de vida... Y que las demás mujeres dejen de llamarle a otra que no trabaja fuera de casa mantenida... Porque esas profesionales incapaces de lavar una taza de Té y llamar a otras mantenidas son las que justamente no merecen Mi Respeto, por creerse soberanas dueñas de una estúpida verdad... Las mismas que deberían mirar atrás y comprender, que quizá por una mantenida es que ellas son profesionales...

Y las que ganan una profesión con diploma, mayormente "No todas" son las que pierden el sabor de sentirse realmente "Una Verdadera Mujer"

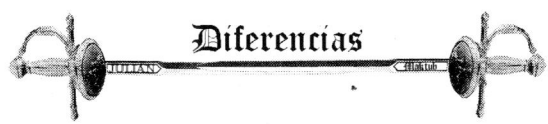

Diferencias

Un niño llora de frío en el borde de esta Ciudad, otro seca sus lágrimas por no poder estudiar, la droga silente y malvada, espera con una sonrisa en la quijada la siguiente victima atrapar.

Caminando por la metrópolis, vi un pequeño de cinco imaginando Navidad, soñaba con el carrito azul y en sus plegarías una familia y tener a su Mama, ilusión casi imposible de llegar en algún instante alcanzar.

Una Madre ruega fervientemente al Cielo, conseguir llevar a su pequeño hijo al Medico, es tan solo un resfriado... pero... Pero aquí no hay atención sin dinero. Es difícil soportar tanta maldita injusticia, en una zona residencial, la empleada tirando pan y un coche usado solamente para los críos jugar. Un potentado saliendo con su amante de diecisiete, a quien conoció en esa esquina de mala muerte, él critica y es gran señor ante la sociedad, aunque muy poca cosa ante su propia verdad. Juguetes tirados por todas partes porque Navidad trae nuevitos, una Madre que se va con sus amigas de farra y alcohol, dejando sin remordimientos, con la empleada a sus hijos, el niño que enfermó y su Padre a la niñera envió, para que el Medico lo viera y de ese problema salio.

Algo dividido en dos partes desiguales, la pobreza y la riqueza, controversial, desconsiderado, uno llora y sufre por comer un trozo de pan, mientras que el otro sin penas lo tira en el basural.

Pero así son las calles de esa gran ciudad llamada New York, el placer esta al alcance de todos, se vende al mejor postor, entre tanto la droga, realidad de cada día, es por los adultos ofrecidas a esa juventud, de la cual se queja porque está perdida, pero alimenta dándole a manos llenas las armas para que se pierdan en la vida.

Nadie se preocupa por cortarla de raíz, es mejor tener gente totalmente ida y que no protesten porque están metidas en un vicio sin final, en la más cruel mentira.

La droga, quien a los ricos hace mas grandes y a los pobres sin consideración abandona.

En América del Sur, según los que se llaman inteligentes, dicen que carecemos de riquezas monetarias y que estamos hundidos en la pobreza, obviamente eso es lo que ellos piensan.

Discrepo con quienes mantienen tan errónea idea, ya que somos ricos y no pendencieros, tenemos lo que falta en Norte América, libertad, fraternidad, sencillez y no nos metemos en la guerra. Familia unida, Medico gratuito que estudia por salvar, no por tener un titulo en su oficina y su ego alimentar, o tal vez para ir a la esquina y su maldito vicio, poder con su dinero mal ganado comprar.

Que orgullo siento, mi País es pequeñito pero lleno de increíble bondad, aquí en cambio, te cubre el manto de la soledad, la malicia de la gente y esa envidia sin final.

Gracias le doy al Cielo, por descubrir al pisar esta tierra, que la riqueza con la que un hombre puede contar, es la de ser Padre, hijo, amigo y sobre todo honesto y dueño de la tan añorada lealtad.

El dinero va y viene, hoy está y mañana se va, en cambio el amor y la amistad incomparable siempre queda, a pesar de las diferencias sociales y esos señores revestidos de altivez insoportable.

La felicidad es un humilde trozo de pan junto a tu familia y aquella mano amiga y no el manjar sobre una mesa de suntuosidad, con la total frialdad de saber que…, sus dueños no se toleran ni por casualidad, pero siguen casados por el que dirán.

Y como suele pasar, buscan fuera lo que jamás tuvieron por dentro… Amor, sentimiento, amistad y familiaridad…

Esta es de New York su indiscutible realidad.

Por eso y aunque me llamen arrogante, si bien mucho logré en Estados Unidos, me siento con Uruguay comprometido, no por haberme ayudado en profesión, más si por el increíble sentimiento vestido de algodón.

Ese sentir fortuito que a todo extranjero da y también hace palpar la hermosa hermandad, de saber, que con tan solo un trozo de pan, hasta se es feliz en navidad, por el simple hecho de compartir más que de envidiar.

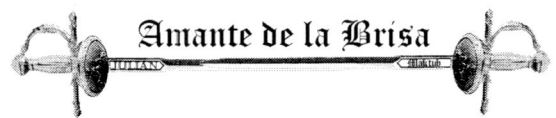
Amante de la Brisa

Una copa de cristal, una caricia, una lágrima, un beso, un pétalo, una rosa, una insinuación... Un deseo, un Te Amo, una sincera transmutación... Se eleva la temperatura, el viento clama, la brisa celosa en sus ganas se posa, le arranca un Secreto entregándole un argumento, él no quiere ceder pero se entrega al placer.

Hace el Amor con la brisa quien se vistió de gala para poseerlo sin razón...

La brisa es ella, esa mujer que buscó hasta encontrar, la única manera en que él se deja Amar, pensando que no esta pecando, aunque siente en su cuerpo la desolación...

Él está en su Lecho recostado, ella se mete por la ventana convirtiéndose en Mujer, sumergiéndose en su cuerpo, no quiere dejarse vencer, sube por los pies de la cama, con sus uñas las piernas masculinas araña, presiona sin pudor, el grita de satisfacción, se rehúsa a mirarla, todo eso es un tropiezo de Amor...

Dicha fémina continua sin dar explicación, levita en su piel permitiendo que su aliento atrape su masculinidad enervada... Sube despacio, son sus pechos cubiertos por velos que rozan lo más íntimo de su varón... Sonríe y continua el sendero a su boca, uñas que sedientas desgarran los vellos del pecho y desplegándose como mariposa, se acomoda sobre él, la tela le impide sentirlo entero, solo palpa a través de la misma la erección de un caballero, con deseos a flor de piel...

Acerca sus pechos, no quita los velos y ofrece sin decencia el rubí soñado, el pasa los labios, su boca se abre, reacciona al temblor de la Dama enervante, aquella perla deseada entre sus labios juega, el succiona despacio, ella reacciona con descaro, se quita el cendal brindando su fresa madura y jugosa, altanera y caprichosa...

Manos masculinas la toman por la cintura, ella no le permite aquella osadía, por eso y sin culpas ata a los barrotes sus muñecas, no dice nada pero besa sus labios, muerde su cuello marcándole la piel...

Se alza despacio quitándose todo y desnuda sin prisa se vuelve a mecer, abriendo sus ganas se sienta sobre él, pero solo lo acaricia dimitiéndolo a su merced...

Endereza su espalda y ese mortal siente desfallecer, porque esa diva lo mira directamente a los ojos, sonríe con ganas... Sabe que ella está demasiado excitada y así mismo no deserta a ser cruel...

Pasa su mano entre sus propios pechos, continua camino sur, su vientre se entibia, sus dedos no paran buscando en si misma el punto de placer, comienza un ritmo de maldita egolatría compartida, se mima sin vergüenza, no deja de mirarlo y tan solo afirma...

- ¡Te enloquece la locura de mis ansias!

Pero... Pero él no puede responder, un ahogo en su pecho, una lágrima en su rostro, una pregunta en el aire, una respuesta que no dará... Sencillamente si ese es su Destino, ese Destino vivirá...
Ella se contonea, parece una Cobra, su cintura se arquea, sus caderas toman vida propia, a él todo eso lo trastorna...
Desconoce donde está, mucho menos que ha bebido, solo conoce de ese instante, que es un momento indebido...
Y ella cuestiona con indecencia en sus ojos.

- ¿Ansias Mi placer?

Él solo responde...

- Te quiero beber...

Sin preámbulos en medio, ella sube con ahínco, se arquea en su pecho, se muerde los labios, se acerca a su boca, ofreciéndole su más introspectivo e impúdico descaro, invitarle a saborear de su cuerpo en celo, darle el placer de entregarle su esencia y él... Él atrapa en sus labios esa perla deseada, la suavidad de una entrega aterciopelada, ella Gime indecente, se mueve desesperada, se encuentra a punto de tener un orgasmo, quiere retenerlo en el tiempo y la vida, pero la boca masculina arremete con fuerza y ternura buscando con su lengua el interior de su Diva, ella no puede, no aguanta, no quiere detenerse, él logra arrebatarle lo mejor y peor de sus ganas... En rítmico movimiento a su hombre reclama el último estertor de impudicia en la cama... Él solo responde con caricias arcaicas, reclama a su mujer el momento de Amarla, ella curva su espalda proporcionándole un Clímax..., el bebe en silencio la esencia de su Dama, se siente completo pero de ella más sediento, no le alcanza beberla, necesita poseerla, ella no retiene un grito de satisfacción, donde sus quejidos le dan lo más bello de una revelación...
No queda satisfecha, le besa en el cuello, desciende despacio, sabe que también necesita poseerlo, sin censura se detiene a jugar en el mástil de su deseo..., enervante, altanero, brilloso de avidez, sin prisa se lía en el vértice de su embriaguez, la lengua femenina reposa, se nutre, se despoja de vergüenzas para poder entregarle lo más puro del Amor, sentir que su hombre vibra de pasión, al otorgarle la humedad de su boca, succionando con desenfrenada desesperación.. Él solo reclama, exige, se enoja...

- No sigas Mi Amada o moriré en tu descaro...

La Dama no hace caso, continua hambrienta entregando placer, torturándolo a él, sus labios atrapan totalmente su desnudez y presionan dándose cuenta que lo hace desfallecer... Su crueldad no se detiene pues lo aferra entre sus pechos, se entretiene sabiendo que..., su meta está cumpliendo, sacarlo de los cabales, convertirlo en indecente... Al final con premura e impaciencia, se deja llevar por la fuerte y brava corriente de los deseos de su Caballero, que demanda con vigor y desesperación...
Él pide en silencio...

- Desátame mujer.

Ella sonríe pícaramente y responde...

- No lo haré... Te prefiero a mi merced...

Se incorpora muy lentamente para deslizarse otra vez, lo hace muy remisamente sintiéndolo palpitar, lo deja entrar comprimiéndolo en su totalidad, no le permite moverse, pero exige el placer...
Ella se mueve despacio sacándolo de la realidad, mete en su pecho las uñas clavándolas sin piedad, los movimientos comienzan, sin razón ni desdén...
Ese caballero no puede aguantar más, ella pierde en el cabello masculino sus manos y apretando su pelo, muy fuerte le exige al oído.

- Te quiero todo mío, deseo que tu esencia me marque con un hijo...

Él queda en Silencio, con un espacio vacío, no puede detenerse, ya olvido el propio olvido, sin preámbulos ni pudores alcanza el Clímax dentro del cuerpo femenino, explota en un grito y maldice al Destino...
Ella tiene un orgasmo tan inmenso como el mismo abismo, grita de placer y tristeza, porque sabe que él no le pertenece... No, todo eso es un maldito instante clandestino.
Ella muerde el labio inferior masculino y dice en un desesperado bramido...

- Nunca olvides que hoy fuiste Mío...

Y en manifiesto posesivo, dejó su cabello para clavar las uñas en su espalda y entregar el sello de una Dama que con todas sus fuerzas le Ama.

Dos corazones latiendo al unísono, dos cuerpos enervados y cansados, pieles ansiosas de deseos y un protervo relámpago de agonía...

Él llora en dicho Silencio altruista, ella besa su pecho del lado izquierdo, lo desata despacio, él la abraza en marcado sigilo, se duermen sin palabras, no hay remordimientos, se entregan a Morfeo, ese Dios de los sueños... Quien los lleva en mutismo a un planeta de esperanza.

La ventana golpeaba con fuerza por culpa del viento, él despertó entreabriendo los ojos, se desperezó sin ganas, miró la Alcoba, recordó lo sucedido y sonrió sin ganas... Que bello sueño había tenido, una preciosa mujer se había metido en su cama... Corrió la sábana, levantándose caminó al baño y al mirarse en el espejo notó brillo en su Mirada, un aroma diferente y en sus labios una marca, recordando lo anterior, observó su espalda, encontrando en la misma el estigma de unas uñas, una gota de sangre que fluía y en su cuello la piel sellada...

Tuvo miedo de aquel instante y no se lavó la cara... Si aquello fue real, reclamó al universo tener el sabor y aroma de una Amazona en celo que de noche le visitara...

Por eso con premura, disimulo su alegría, se enfundó los jeans y la camisa para ir al comedor, saludo a su familia y sin querer la ventana se abrió, una brisa suave y única se adentró sin permiso y sin permiso con su fuerza tiró aquella copa de cristal, la cual en mil pedazos se quebró, intentando ahuyentar una verdad... Él acarició la copa sonriendo al descubrir, que aquella acción de la Brisa, era un Te Amo por deducir...

Una Mujer en sus sueños, una locura en el tiempo...

Él sabía que la Brisa se encarnaba en ella y al salir al mundo se dio cuenta de quien era...

Esa Dama que no tenía idea o quizás si..., que a él lo poseía en sus sueños...

Y por ironía de la vida esa mujer tuvo un hijo y cuando él le preguntó...

- ¿Quién es el padre del niño?

Ella solo respondió...

- Pregúntaselo al Destino...

Desde entonces y sin quererlo los caminos se cruzaron, dos seres humanos se encontraron y a través de los sueños intensamente y en un planeta muy lejano..., sin pudor hasta la muerte se Amaron...

Él seguía siendo humano, ella la Brisa encarnada, el dormía por las noches, ella se metía en sus madrugadas...

Él la hacia vibrar, ella le arrancaba hasta el Alma...

El preguntó ¿Por qué? Ella respondió... Porque me enamoré de tu Mirada...

Y así fue como en sueños esas dos Almas se encontraban y perdían en un mundo de realidad y arrogancia... La sociedad jamás diría que ellos se Amaban, vivían separados, eran Amigos y sin querer por las noches y en los sueños tenían una cita clandestina a la cual ninguno de los dos faltaba...

Ironías de la vida, a la sociedad hay que darle lo que quiere, pero el interior no hay nadie que lo maneje, por eso y a escondidas ellos tienen la comprensión del Destino...

Durante el día le sonríen a todos con hipocresía y al llegar la noche se Aman sin censura y con la indecencia que los deseos marcan al compás de la propia vida...

Nunca dejes de escuchar el dialogo de una copa de cristal cuando se rompe en mil pedazos...

El Destino habla pero somos muy pocos quienes le escuchamos...

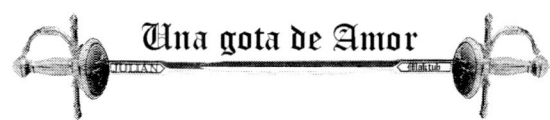

Una gota de Amor

Una gota de sudor cae por mi frente, se agita el corazón y la sangre se revuelve, un latido profundo despierta mis venas, sin consideración mi pantalón se aprieta. Su mirada es ardiente, se muerde el labio inferior y mi pasión crece, se acerca con calma; en cada paso hacia mí veo una promesa en sus ojos.

Ella… Mujer, amante y Señora… No, no, no…, es aun más, es un volcán con rostro de Diosa… Una Diosa… Mi Diosa.

Casualmente hace unos días me preguntó respecto a su edad, a sus años, si ella supiera, si entendiera sobre la madurez que guarda en su mirada.

Sí, su experiencia me mata, su sensualidad me vuelve loco, su Espíritu fuerte y tierno me regala fuerzas para salir de situaciones que a veces considero irremediables. Yo quiero tener a esa Señora en mí Lecho, la quiero desnuda para poder de norte a sur contemplarla, mis manos sedientas de su piel ardiente, mis dedos temblando por recorrer llanuras y praderas, montañas y lagunas, entregar a sus labios el deleite de los míos, recorrer su cuello y saberme enteramente suyo, rozar sus pechos sintiendo en mi boca el sabor de su cuerpo, ese Gemido escapado, esa Lujuria en secreto, saber que su vientre arde como el fuego y clama la Paz de mis caricias, mi sangre fluye enloquecida…

¡Dios! amarla así… No, no se ama todos los días, solamente una vez… Y yo Te Amo como se ama, se respeta y se venera una Diosa, una Diosa única, una Diosa capaz de sacar al hombre mas hombre de sus cabales. Me pregunta sobre su edad, y solo puedo responderle con una sonrisa, si ella entendiera que me enloquece saberla Mía… Tan Mía…

Verla en una reunión familiar, como es con sus hijos, como discute y se transforma en adolescente, su ternura indicando la niñez viviente aún en su Alma, quien orgullosamente recuerda las enseñanzas de vida, observar como prepara la cena, con el cariño característico de una Dama, o verla allí en una velada con amigos, su risa acaparando la atención de la mayoría, sus locuras y su manera de tomar la vida. Quizá muchos la desean, pero saben hasta donde pueden ir, esa Mujer convertida en la fantasía nocturna de muchos hombres, a quien se puede descubrir en medio de una reunión profesional, tan arrogante, imponiendo respeto, seria, formal, con su mirada directa y sin tabúes, esa Dama que es tan

Señora ante todos. ¡Dios Mío! me resulta difícil pensar en ella sin perderme en otro Universo.

Recordar los momentos juntos, los instantes de intimidad, donde se entrega sin pudor y con franqueza, con arrogancia y con la fuerza de sus años para poder devorar dicho instante en un Lecho, para atrapar el máximo placer en el mismo tiempo. Esa mujer que disfruta cada caricia sin prisa y con elevado anhelo, la que toca sin censuras y con salvaje deseo, esa Dama vanidosa y segura de si, la misma que detiene un Te Amo en el firmamento. Esa Mujer a quien me gusta pedirle que se mantenga inmóvil bajo mi cuerpo, para poder disfrutar sus Gemidos, su respiración entre-cortada, sus quejidos inciertos, ella que sin saberlo detiene un orgasmo en la puerta misma del deseo, para disfrutarlo..., y sabe como hacerlo, sabe entregarme a través de su piel el Alma en pleno centro de mi cuerpo, no es la joven alocada, es la Señora decidida, no es la adolescente pasajera, es la madurez que se detuvo en mis ojos cuando me miró de frente.

Es el respeto de mil corazones, la lujuria de mi entero amor, es... Es ella, mi mujer, mi amante, mi amiga, la Dama a la cual mis manos aprendieron amar hace siglos, la mujer que me regala su más anhelado secreto escondido, la pureza revestida de ardiente desenfreno... Ella... El limite inimaginable del amor mas bueno, la barrera que se rompió entre el Alma y la carne, es quien me enseñó a hacer el amor sin miedos, quien me dijo, que para amar se necesita solo estar, lo demás viene con el tiempo, se consigue de a dos, se hace con la esperanza que duerme en los brazos de dos corazones unidos por el verdadero sentimiento, nacido en las entrañas de uno mismo y se esparce por las venas hasta llegar a explotar dentro del otro cuerpo... Ella... La Dama que aún hoy, después de tantos siglos me preguntará al encontrarla ¿por qué la quiero?

Esa Mujer se llama Amor y tiene por apellido el Universo, es hija del más maravilloso tiempo y Madre absoluta de la ternura, que prendida a su cintura me regaló la razón de sonreír de nuevo... Esa mujer que llevó en su vientre a los hijos del amor, esa Dama que parió una noche Eterna el amor de dos. Alguien que guarda en si misma el poder de llevarme a los límites inquebrantables del deseo abrasador y volcánico, con la fuerza única de arrancar de mi piel hasta el último de mis orgasmos, quien me regala la ventura de saber extender el momento de un Clímax, la misma que al tomar mis manos en momentos difíciles, me hace entender en su silencio que vale la pena seguir, a quien sin conocer, acaricio cada noche antes de dormir y es allí donde descubro nuevamente su ternura, su dulzura, la respiración tranquila y apaciguada, de una Mujer, que antes me hizo el amor desenfrenadamente y en un Gemido entregó su Alma y su vida...

¿Qué por qué Te Amo?

No digas nada, acércate, deja que mis manos se pierdan en tu pelo, déjame robarte un beso, hagamos el amor sin miedos, sin mañanas, sin porqués, sin pudor, sin censura..., que quizá otro día tengas ganas de buscar las palabras justas que te hagan entender porque te quiero, porque Te Amo, porque de mi garganta se escapa un gemido cuando sin tú saberlo, simplemente te miro. Cuando tal vez hoy estés en brazos de otro hombre porque aún no me has encontrado, porque te observo desde lejos en pleno silencio, sin saber donde estás, pero mi Alma sabe de tus miedos.

Para vos, que desde Egipto me llevas dentro, para vos que sin entenderlo ni comprenderlo me amás en silencio, para vos que sin aceptarlo a veces, sabes que me llevás en tu interior, para vos Mujer desconocida en ésta vida, para vos que sin entender que te pasa, en noches de nostalgia volás al firmamento y allí es donde tus ojos verdes encuentro... Para vos que el presente toca tú Alma para preparar tu futuro, que a mi lado dejará de ser incierto...
Para vos a quien amo más allá de la misma muerte.

Te ame desde que fui un Simple Tebanés y lo aceptes o no, siempre en tu interior seguiré... Y algún día, en el instante menos pensado llegaré a tu sendero para detenerme allí, en el umbral de tus anhelos y tendiendo mi mano decirte... "Ven a mi encuentro"
Dedica a vos mi Diosa de antaño, en mis ojos esta tu verdad y en los tuyos mi mas honda sensualidad.

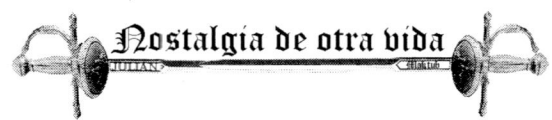

Nostalgia de otra vida

Uno más... Un amanecer más donde el mate, fiel amigo y hasta confidente diría yo, me acompaña... El perro que por ahí anda moviendo la cola porque me levante...

Años desde que salí de mi País natal, años de alegrías y tristezas, donde momentos buenos y malos formaron parte del cóctel de la vida. Un hijo y un adiós...

La libertad de los 20 años, decisiones a tomar, caminos en frente... Entre mil "Uno"... Bienvenidas y despedidas, una de la mano de la otra, senderos por recorrer, responsabilidades creadas...

Mujeres al borde de la existencia, unas con dejo de bondad, otras enseñándome la maldad...

La esencia nunca muere, aún a golpe de fuerza perdura sobre todo...

Hubieron Damas que acariciando mi rostro dijeron amarme tal cual soy, otras prefirieron quererme en la oscuridad, una seco mis lagrimas, la otra me hizo llorar, una durmió en mi pecho, otras me dieron la espalda... unas temblaron entre mis brazos, otras solo saciaron su sed... Algunas sonreían al mirarme, otras se odiaron por amarme...

Quizá enseñé parte de mí y con ello intenté dar un poco de sentimientos, entregando así lo que para mí es, simplemente ser Amigo, amante y hasta loco...

No doy todo, me falta la otra parte, por eso tal vez, hoy, un día cualquiera de invierno, estoy sentado en casa, disfrutando unos días libres y haciendo un reconto de vida. Yo que he recorrido, como cualquier ser humano "Mí propia Vida" Soy responsable de cada día, cada noche, esperando al vértice de mis sentimientos a "Esa Mujer"... Quizá ella anda recorriendo el mundo, sea una gran profesional y corra de país en país, tal vez sea ama de casa, dedicada a su familia, esposo e hijos o a lo mejor simplemente esté sola...

¿Me sentirá... Sabrá que en alguna parte del Universo vivo por ella?.. O No, lo más probable que no me recuerde...

Nostalgia por estar en ésta casa absoluta Dueña de un Amor del siglo pasado, un Amor Real y sobre todo "Nuestro"...

Mientras tanto sobrevivo entre penumbras de un pasado marcando el presente...

Entregué mi esencia a través de los libros, libros con historias, algunas reales, otras sacadas de la fantasía entremezclada a la realidad, ser yo mismo cuando me meto en una historia, sacando de mi corazón los sentimientos profundos del Amor y Amistad..

Caminar páginas sedientas de vida, donde un pensamiento crea un cuento para que otros se deleiten en letras forjadas con cariño para los demás.

Aquellos cuentos de niños que me hacen pensar, ¿cuántos críos se dormirán mientras su madre lee una de mis leyendas infantiles? Y después con el paso del tiempo ese libro quedará allí, en la gaveta de los recuerdos, recuerdos que tal vez mañana, ese hombre o mujer, lo tomé en sus manos y acariciando la tapa de esa obra evoqué su niñez y pueda hasta volver a leerlo a sus propios hijos, mostrando una vez más que la vida siempre da vuelta y que uno puede sentarse donde en otra ocasión se sentó alguno de sus progenitores y vea tendido en la pequeña cama, a ese hijo que en el pasado fueron ellos mismos.

Tonterías de un tonto, deseos de un soñador, parte exclusiva de un hombre y deseos de un caballero.

¿Cuántas veces le hice el Amor a esa Mujer por medio de mis escritos? Infinidad de veces, casi casi incontables ciclos.

Así como también, encerrado en ésta casa me perdí en el ático, secreto escondite que nadie ha pisado, allí donde aguardan por mí, pinturas de siempre, ¿Quién me enseñó a pintar? La vida... Cuadros ocultos, tapices guardianes de mis íntimos anhelos.

Anoche discutí con una Mujer porque no le permití cruzar la puerta de ese desván... Se fue enojada y yo quede sonriendo, porque sigue siendo "Mí Secreto"

Cuando mis dedos en amaneceres alocados y colmados de vida, cabalgaban un lienzo, lo acariciaban estando vacío, comparándolo a la vida... Porque sobre el debería de crear una historia... ¿Qué diría la gente si supieran que pinto con mis dedos, que no necesito pinceles para darle forma a mis cuadros?..

Afirmarían que estoy loco... Por eso tal vez mis representaciones pictóricas duermen en ésta casa, en ese rincón cómplice de mis locuras.

Como allí descansan mis esculturas, hechas por mis manos, sin orden... pero... ¿Quién dijo que soy ordenado?... Nadie que realmente me conozca un poquito...

Quizá mañana siga escribiendo algo, cosas sueltas, pero a fin de cuentas así es mi vida... Acaso... ¿encontraré alguien que me entienda? ¿Alguna Mujer que sepa guardar silencio cuando esté pintando, alguna Dama que no critique mis dedos cuando dibujan sin pincel? ¿Existe esa Amazona?... Si es así... Señor... ¿Házmela ver?...

Se quien es y aunque no la encuentre, se que la hallaré entre mis libros, mis esculturas y esas pinturas a medias... Quizá cierto día sus dedos puedan caminar mis lienzos... Y dejen ese toque de Amor en ellos...

Como ese... "Mí Piano" que sin saber tocarlo lo toco, que sin entender de notas, invento melodías... Teclas que al son de mis dedos me confiesan que ella anda por ahí, puedo sentir sus pasos más no verla, me niega su Amor, me devuelve la locura y sigue acunando mis ganas, mis deseos aún sin entender que yo existo...

Esa Dama que sin darme su presencia, se presenta cuando mis manos acarician otra Mujer en noches de pasión, ella que no me permite hacer mil cosas, ella que sin intuirlo siquiera me prohíbe Amar a otra, ella que negándome su mirada me mira en silencio cuando intento perderme en cuerpo ajeno... Ella a quien Amo aún sin conocer.

En otro momento seguiré, ahora me retiro al ático, desde donde puedo ver, no solo mis tierras, sino también esos animales que de alguna manera llenan mis días...

Un caudal de deseos arrebata mis pensamientos arrancándome un solo anhelo... "Estar en el Mediterráneo" Allí, donde tendré mi casa, más para mi, será Mí Castillo, donde podré adornar mi loco mundo con cada cuadro, cada libro y esculturas... Donde a orillas del Mar pueda seguir esperando a esa Princesa... Y si no aparece, al menos legaré esa residencia a un gobierno para museo de mi propia Historia, de esa manera tendré la esperanza de saber, que aún después de muerto, la seguiré esperando, porque a lo mejor, un día o tarde cualquiera, ella por curiosa se acerqué a fisgonear esa exposición y sin querer una lágrima caiga de su rostro al pasar un dedo por mis lienzos y sin saber porque experimente una sacudida...

Y se que dicha sacudida la producirá mi anima desde otra dimensión, al sonreír diciendo... – Sabia que vendrías... Y siga su camino sin conocer que esa residencia, esas pinturas, esos libros, esas esculturas y ese piano... Pertenecieron a ella sin siquiera haberla conocido...

A Mi Hijo

Y como tantas veces...El viento sopló con fuerza mi rostro, pero allí había algo diferente, su olor tal vez, olor a muerte, a desafío de vida e incomprensión, el llanto no menguó, tampoco la impotencia que dormía en mi regazo...

¡La vida! Y con ella la muerte, juntas de la mano y yo aquí, viviendo o tal vez cabalgando mi partida... ¿Quién pude decirme que estoy vivo? ¿Acaso las personas que caminan New York o esas miradas frías que solo observan con intención de que te apartes de su camino?

Me toco y no siento mi piel, a lo mejor ya he muerto, veo de lejos a mis Padres, ellos no pueden verme..., pero los diviso, ahí están, sentados en el fondo, alrededor de la mesa redonda

"El fondo" Papá lo hizo de a poco, construyéndole día con día, a gusto de Mamá, el parrillero fue lo primero en edificar..., ricos asados se degustaron allí... Casualmente ahora está un cordero asándose, ellos ríen, Alejandra mi hermana pequeña esta ahí con su Esposo e hija, comparten un whisky, el mate y esa charla amena, mientras la niña corre por doquier...

"Mí casa" No... No, perdón, la casa de mis Padres, por ahí caminé dando mis primeros pasos... No tengo recuerdo de aquello, aunque puedo sentirlo... Mí cuarto... ¡Hay! Cuantas ilusiones compartidas con esas paredes, casi puedo tocarlas, palpar su textura, el olor a cal... Mí cama..., que hermoso todo, todo eso de lo cual me sentí dueño en mi adolescencia.

¡Dios! Cuanto me dolió irme del hogar, pero igual partí...

Partí en busca de un sueño...

Percibo que: Ese pedacito de tierra tal vez me extrañe, pero no mi familia, cual alegres ríen y comparten, ellos se acostumbraron a vivir sin mí... Es que creo... Jamás vivieron conmigo...

No conté lo interesante de todo..., siempre me catalogaron como "El Revelde de la familia" Aún en el presente continuo sin comprender ¿Qué es La Reveldia? ¿Quizá no entender la vida e intentar descubrirla? O tal vez ¿Defender mi punto de vista?

Confieso aún no haberlo revelado......

¡Sí! Es definitivo, estoy caminando mi muerte, nadie puede verme. Hago un recuento de mi vida, adolescencia, camino y amores vividos..., sin embargo solo puedo sonreír de costado, como lo hice siempre, aunque mi familia por ser jueces de mis defectos, creo que: Nunca se percataron justamente de...Mí sonrisa...

En fin, entendí que: Los amores fueron fugaces por ende no verdaderos... Y a punto de llegar al fin, no tengo ganas de ver esos seres incapaces de amar y menos a quienes se autollamaron Amigos...

Me encuentro en el hospital, nadie vino a verme... ¿Qué excusas inventaran luego? Desde aquí los veo y..., unos no quieren interrumpir su sueño, otros no faltaran a esa fiesta...

No comprendo aún o si, no lo se, es difícil entender al ser humano y percatarse de lo solo que a veces estamos y al partir quizá nadie te eche de menos... Sencillamente... Todos se acostumbran a tu ausencia...

Un momento, siento dolor en el pecho, la respiración oprime mi estomago, Dios... "Es Mí Hijo" Siento su voz llamándome, su manito toca mi brazo sacudiéndome, me despierto..., la respiración acelerada, mis ojos entre-abiertos me permiten verle... Jorge me regala su sonrisa, su mirada picaresca y rodeando mi cuello con sus bracitos susurra casi gritando "Te Amo"

Al meter mi nariz en su pelo y oler a Mí Hijo, sonrío en Silencio pleno, una lágrima corre por mi rostro... Mí Pequeño la seca con un beso y es ahí donde entiendo que: Debo Vivir por Él, pues nada ni nadie en el mundo supera su Amor... Precisamente Él... Él..., quien siendo apenas un enano en tamaño, se transforma en el más grande de los seres... Él..., quien sin quejarse, no solamente pasó los días restantes a mí lado, sino también durmió entre mis brazos, pues nadie lo sacaba de allí y no existió Medico alguno que le convenciera de irse a dormir en casa con quien le cuidaba.... Nunca me dejó, jamás me defraudo...

No existe maldad alguna capaz de superar la esperanza, no hay fuerza más inmensa ni intensa que el Verdadero Amor de Mí Retoño... Un Alma Pura y llena de Ternura y Comprensión...

No morí, solo caminé unos pasos mi muerte, donde al hacerlo me permitieron distinguir la vida de los demás sin Mí...

¡Dios!... Y yo preocupándome por gente equivocada...

Acabo de comprender que: Debemos Amar sin tiempo ni medida, dar todo de si y que los demás sean responsables de sus actitudes y sentimientos...

El tiempo "Sublime Padre de todas las verdades"

Mí Hijo... "Columna y página principal de toda Mí Vida y Mis Libros"

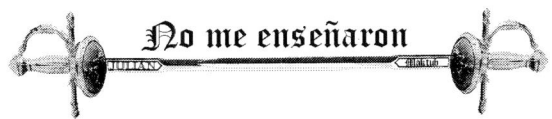

No me enseñaron

Aprendemos a caminar, nos enseñan a balbucear, sabemos con el tiempo lo que es hablar y posteriormente desciframos el razonar...

Descubrimos el Amor y con ello el dolor, nos sentimos dueños de nuestro si pero ajenos a lo demás, sinceramos nuestro corazón experimentando el desamor, estudiamos con pasión formando un futuro, nos recibimos o no de una carrera u oficio, forjamos con decisión un mañana esperanzador, luchamos por la familia, los Amigos y otros sentires, creamos multitudes de argumentos para ser mejor, seguimos en un paraíso, somos lideres de juventud, intentamos ser alguien y luego de infinitas aventuras encontramos el Verdadero Amor... Aquel que nos subleva y calma, nos envuelve en la dicha entregándonos paz, regocijo de sentimientos, Almas celosas en auténtico vuelo de desafíos marcados por Vidas y señales conocidas dentro de lo desconocido, controversial pero real...

Nos instruimos en lo profesional, rindiéndonos ante lo carnal, seguimos por caminos repletos de bondad sin dejar de conocer la maldad, nos enfrentamos a esa interna lealtad, de seguir batallando por Amar o claudicar frente a la Soledad...

Pero..., optamos por continuar sin saber aquello que el Destino nos deparará, logramos comprender todo de la existencia, nos casamos, somos padres y la vuelta nos pone en la otra esquina, enseñar lo aprendido, legar lo enseñado, compartir la experiencia y entregar lo guardado... Todo llegamos a discernir aunque existe algo imposible de discutir, cuando se nos atragantan los deseos en medio del Alma, nos volvemos niños inexpertos saboreando la nostalgia, queremos que nos entiendan, nos acaricien y hasta nos protejan, somos egoístas por pensar solo en nosotros...

Y yo me pregunto... ¿Quién me ha enseñado a no ser fuerte? ¿Quién fue el culpable de hacerme tan sensible y tan débil?...

Quisiera en ocasiones saber el porqué de tantas agobiantes sensaciones cuando en noches silenciosas renunciaría a la vida por tener de ella toda la sabia de su Amor, por conquistar sin tregua lo que una vez tuve, de lo cual fui el Dueño en absoluto, por guiar mis pasos a su mirada y quizá, tal vez, sentirme otra vez lleno de vida, al poder rozar su piel que me enerva los sentidos...

Llegar a degustar la palabra Libertad, estoy equivocado, los luceros no se atrapan deben quedar en cielo para reflejar la noche y las madrugadas, se pueden observar también Amar, pero nunca en la mano los podremos disfrutar…

Nadie me enseñó a ahogar Mis noches solitarias, deseosas, desenfrenadas, eróticas y arrebatadas… Quizá es cuestión de crecimiento para no hundirse en jodidos momentos de locura, al pensar que uno le puede poder a un Lucero que en el firmamento fue donde nació y obviamente donde permanecerá como los Dioses del Olimpo, porque así son los controversiales caminos al azar, uno puede Amar y morir por ser Amado, llegando a darnos cuenta de la invalida posibilidad de ser feliz completamente…

Ahuyentamos los miedos, enfrascándonos en nuestro yo, sabiéndonos incomprendidos, legando el Amor, dejando en otro cuerpo aquello que llevamos dentro, desahogando nostalgias sin tener para otros los justos argumentos…

Es mejor Amar en Silencio y resignarnos a la maldita impotencia de entender sin comprender, los designios de la ventura, cual soberana reina de las burlas nos confiesa en instantes de doloroso deseo, que solamente nosotros somos los exclusivos Dueños de nuestra piel y los más intensos lamentos de querer ser de alguien cuando no es el justo momento…

Y me cuestiono… ¿Hay reloj para el Amor? Pero una voz en Mí Alma me dice… No tonto, no hay reloj, pero si debe existir el deseo abrasador que marca en las entrañas la locura del olvido, de ese olvido repentino donde es un Beso alocado, que ceñido a su cintura aprieta tanto la piel llegando a hacer canales que retumban en el pecho, la legendaria apertura de entregar lo mejor, la firme decisión de ser dos para el Amor…

Je… Y quién carajo me puede responder… ¿Dónde está ese Señor llamado Deseo? ¿Dónde se esconde? Porque yo aún no lo veo…

Burbuja Azul

...Aquella masa azul celestial cada vez se hacía más grande e intensa y de pronto..., dentro de ella estaba navegando, viendo por vez primera lo que vi siempre desde mi interior, destrucción, envidia, egoísmo, deseos vanos, incertidumbre, falta de fe, esperanza y... Todo ha pedido del ser humano quien continúa quejándose...

En una de aquellas nubes me encontré con la muerte, le invite a venir hasta mi burbuja y accedió con una sonrisa en sus labios...

Le pregunte... -¿Por qué razón ella vive en el mundo y tiene la misión de llevarse a las llamadas personas?... Entonces entre diálogo y diálogo me contó sobre su meta, la cual es... Ser exclusiva amiga de la vida y entre ambas tratar de enseñar cada paso a los demás, la manera de poder llegar a esa energía celestial y cuando ven que no lo hacen, entonces la vida permite a la muerte que se lleve a quienes están prontos para pasar a una segunda oportunidad, en la cual tendrán que descubrir por ellos mismo la fuente de la eternidad, pero muchas veces ocurre lo mismo, están interesados en ver lo inverosímil, que detenerse a recordar de donde vienen, cada vida se puede recordar a la perfección si al nacer tratamos de enfocar las vivencias pasadas.

No se puede hablar de fe cuando un niño dice ver a alguien de su vida anterior y lo llevan al psicólogo, no se puede tener esperanza cuando un niño cuenta, haber visto a un Ángel y lo mandan callar llamándole loco o mentiroso.

Los hechos celestiales se presentan en las Almas mas puras, como la de los críos y la puerta del Alma son los ojos, entonces no se debe exigir a un niño fe si no se cree en él, a conciencia de todo tratamos de educarlos para el mundo, no para el universo, el sacerdote pide fe en nombre de Dios y cuando hablamos de haber visto a alguien que no nada por el mundo terrenal, lo descreen, ellos mismo les falta la fe que exigen a los demás.

Comprendí que la muerte es una gran amiga y la puerta de la enseñanza...

Seguí en mi propio vuelo percatándome de más cosas, una de ellas fue, que un cigarro se disfruta en la tierra pero no hace falta en un estado como el mío, el estado justo frente al universo.

Así que regresando a la montaña bajé de la burbuja y le hice una seña de reconocimiento y amistad, esa burbuja no regreso de donde apareció..., se convirtió en algo muy pequeño y se incrustó en pleno centro de mi, ahí descubrí algo, el universo estaba en mi como en todos.

Lastima que no todos se dan cuenta...

Encendí un cigarro, lo disfruté y comencé a sonreír, dándome cuenta que cada uno es el rey de su propio universo.

Debería seguir aquí, debería cumplir mi propia misión y si, le guiñé un ojo a la muerte y continué con la vida de mi mano.

Julián estaba en mí, Julián realmente estaba aquí...

¿Dónde? Aquí dentro, dentro de donde un ser cualquiera no podía verlo, porque solo ven el mundo no el universo...

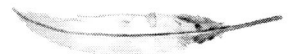

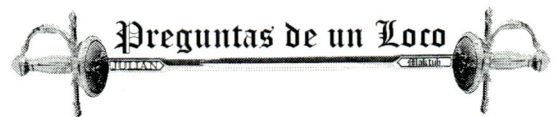

Preguntas de un Loco

Mil preguntas sin respuestas, mil respuestas sin preguntas... ¿Quién entiende lo verdadero, quién es capaz de asumir situaciones tan difíciles como inverosímiles?

No se si habrá alguien dueño de éste tipo de respuesta, pero lo que si se y estoy a plena conciencia consciente es de que: A pesar de las mil paradojas que nos presenta el mismo destino, hemos nosotros de aprender a ser quizá lo más increíblemente imposible... Simplemente "Nosotros mismos" sin mácula de duda... Pero... Es tan jodidamente jodido ser uno mismo, porque cuando somos lo que somos es extraño y hasta irremediablemente tonto creer, que alguien puede aceptarnos así, pues sencillamente los días pasan entre pensamientos, formas de ser y actuar, locuras propias y no compartidas o de serlo, son solo a medias...

Pasamos la vida buscando el Amor... Verdadero Amor, aquel que ha caminado a nuestro lado desde el amanecer propio de la existencia, sin preguntas, sin respuestas, allá cuando la vida era vida, cuando vivir se transformaba en simplemente mirarse y conformarse sabiendo que esa persona estaba allí...

Los tiempos donde el orgullo no existía, más si predominaba la melodía de lo natural y espontáneo, donde nadie se preguntaba si hacia bien o mal, simplemente lo hacía...

Aunque a eso se le llamaba seres primitivos y si, reconozco que lo soy y mucho, me declaro primitivo, me declaro enteramente salvaje en mi manera de sentir y vivir un sentimiento, ese que por ser sublime es único, por ser mío, posesivo y celoso soy de todo cuanto Amo, más no me da vergüenza decirlo, no me quita vida el expresarlo y no me convierte en pequeño ser diferente, aunque a veces si me transforma en estúpido frente a los demás, pues el resto de las personas no comprenden mi manera de ser, pero... ¿Quién es capaz de comprender a otro cuando muchas veces no se entiende a él mismo?...

Esas cosas pasan porque enfrentarse a uno es lo más placentero y da miedo, miedo de ser y hacer, miedo de vivir y creer, miedo de entregar y recibir, más yo he aprendido a no dejarme llevar ya nunca jamás por las olas de las personas, sin embargo me dejo acunar por la tempestad, tranquila tempestad del océano en pleno auge de tormentas orgásmicas y autenticas, allí donde encontrarse con un relámpago me da vida, donde un trueno me regala energía.... Centellas alocadas en busca de algún arlequín perdido entre lo irreal y lo verdadero...

Locuras a flor de piel, Amor entregado y deseado, ser primitivo me convierte en verdadero... Quiero sacar el mejor partido de la vida, mi vida... El mejor sentimiento y la mejor vivencia, estar, vivir y crecer al lado de quien Amo pero para ello a veces tendría que dejar de ser yo, para complacer en carne y vida a quien esté a mi lado, por el simple hecho y consecuencia de que no me aceptarían como soy...

Pues por ser así y andar de vago errante en medio de un mundo con esquemas, es que estoy catalogado como loco...

¿Y vos, qué preferís... Ser loco o ser una oveja más que sigue al rebaño?

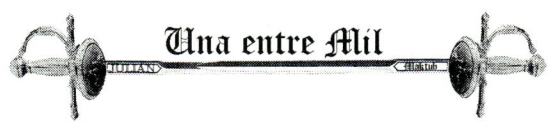

Una entre Mil

¿Qué se puede decir que ya no se haya dicho?... ¿Cómo se puede explicar esa conmoción colmada de sentimientos tan profundos como sensibles?...

Es tan difícil, casi imposible hacerlo y ahí es cuando la emotividad llama a la puerta de la desesperación por intentar y de alguna manera definir al ser amado, esas pequeñas grandes cosas que tenemos dentro...

Uno Ama, se entrega y trata de dar lo mejor y peor de si, desde sus puntos más exóticos y altruistas hasta esa parte escondida que poseemos todos, como el orgullo, la rabia y mucho más...

No se que decir, ni como enfocar las cosas que has despertado en Mí, sentimientos dormidos... Sensaciones casi en agonía y ¿Por qué digo Agonía?... Sencillamente porque a través del tiempo y desilusiones gratuitas fui aprendiendo a esconder mis sentires, tanto los escondí, que estuve a punto de ahogarlos en turbulentas aguas con sabor a Sal...

De pronto te encontré un día, una tarde, tal vez fue de noche, lo importante es que te hallé entre penumbras de soledad y vacío... Soledad dueña de ambos corazones...

Pinceladas de letras Rojas exponiendo vida... Letras Azules en tu privado, elegancia de charla y discusiones a media voz... Muchas situaciones que nos llevaron a unir dos Almas errantes en busca del Verdadero Amor...

Nos entregamos poco a poco y todo fue creciendo con sabor a dulzura, noches de pasión controlada, momentos de armonía y descontrol... Sostener un suspiro en medio de la madrugada... Tener ganas de vos y contener el aliento, sentirte Mía y desnudar tu Alma en el sublime intento de pertenecerte... Saberme vulnerable y extremadamente sensible, descubrir que Mí nombre en tus labios me regala la mayor satisfacción de poder y redención... Sentirme tuyo en el intento de simplemente vivir...

Palabras sueltas Amor Mío... Ahora mismo te escucho dormir y es como adelantar el tiempo y verme en el despacho escribiendo cosas mientras vos descansas en nuestro Lecho... Estar escribiendo y levantar la mirada de vez en cuando para cuidar tu sueño, acercarme y dejar un beso en tu pelo, cubrirte un poquito más y decir Shhh seguí durmiendo estoy aquí...

Nuria... Mis amaneceres ahora tienen un motivo, tengo con quien compartirlos, ya no estaré solo para observar el sol, contemplar la Luna o beberme la noche, compartiré una vela encendida, el sabor de un pétalo, el sonido de una tecla o simplemente el Silencio... "Ese" "Mí Silencio" El cual hasta el presente no había compartido con nadie...

Llenaste mi vida de ilusión... Colmaste mis madrugadas de tibieza y has logrado invadir mis sentimientos a un punto donde los sentidos renacen en tus labios.

Te Deseo con la locura de la desesperación, deliro entre tus suspiros entregados a media voz y exaspero frente a la distancia pero vuelvo a nacer cuando una palabra tuya me lleva a tu lado... Al escucharte dormir me da la sensación incomparable frente al privilegio de velar el sueño de un Arlequín...

La ternura con la cual percibo, te perdés entre mis brazos, ese llamado al Amor para compartir dulzura, caprichos y deseos me emociona a tal grado que: Me pierdo en la cesación increíble de vida y muerte, allí, en el vértice de lo infranqueable....

Amor Mío, antes escribía para el mundo, hoy en día sos Dueña absoluta de mis Letras y el motor propulsor de mis proyectos que se han convertido en "Nuestros"

Simplemente Te Amo y Nunca me dejes... Jamás te vayas de mi lado o en ese instante moriré desolado....

Dejaré éstas letras entre tus sueños y te regalo simplemente un... "Nuria Te Necesito"

Y me sorprendió su mirada, me engatusó su forma de posar y por más que lo intenté, mis piernas no respondían.

Noche oscura, madrugada invernal, donde el azote del inclemente viento no dejaba de pegarle al cristal, mis nervios se confabulaban con el miedo de estar "Allí" ¿Allí..., dónde?... En aquel Castillo Medieval...

De pronto en una vieja Italia, se reunían grandes restauradores de Castillos, los mejor, aquellos, cuales enajenados al mundo cotidiano, ambicionaban engalanarse con falsos trajes y corbatas más feas que el aullido de un lobo en pleno centro de un oscuro monte.

Pero..., allí estaban, petrificados en las sillas, con su maldito mal humor colgando del cuello de la camisa, sin mirar a su alrededor, ni siquiera tenían la sana educación de saludar, solo esperaban el dictamen de aquellos gendarmes de un Castillo tan antiguo como misterioso.

¿A quién de todos nosotros nos elegirían para rehabilitar tan bello palacete? Seguramente a mi no, pues era de todos ellos, el bohemio, ese mismo que sin restricciones se encargaba tan solo de vivir segundo a segundo.

De pronto comenzó el ruido, aquel característico sonido de zapatos golpeando en el empedrado de fino mármol. Era el portador de la palabra, encargado de dar a conocer el dictamen. Y así fue como dijeron mi nombre.

Sorprendido y tranquilo, caminé entre medio de miradas envidiosas, asombradas y egoístas..., llegué junto a aquel hombre de pelo cano, quien me hizo acompañarlo a la oficina trasera, entregándome en manos propias toda la información correspondiente para la exclusiva restauración del Alcázar en cuestión.

Con información en mano, me despedí amablemente y partí. El sendero se hizo largo aunque placentero, posterior a 5 horas de carretera, me adentré por atajos colmados de verde... No me di cuenta que era invierno, cuando traspasé los altos portones de puro hierro, hallé rosas rojas, árboles rebosantes de ancestrales colores, un pino blanco, claveles rojos y alguna que otra florcilla oculta, quizá espiando mis pasos, pero no me di cuenta que era invierno.

Estacioné mi viejo auto al costado del Castillo y entré por el lateral, de refilón noté las escaleras, cuales guardianas de la entrada principal, deberían dar pasó al segundo piso.

Estaba cansado, por eso seguí sendero sur, con planos en mano y explicaciones ya recibidas, sabía que mi cuarto estaba en planta baja, al lado de la cocina, me encargaron encarecidamente que: No utilizara para nada otras habitaciones y yo era obediente.

No tenía ganas más que de dormir y tirando el gabán en el suelo, me acosté vestido, pero…

De pronto sentí unos pasos, tuve miedo, me dijeron que no había más nadie, aunque ¿Yo sintiendo temor de algo? Jamás me pasaba, pero lo tuve.

Permanecí quieto hasta que escuché dos golpes en la puerta y una voz femenina preguntando.

- ¿Sr. Aníbal, puedo entrar?

Abrí la puerta y el temor se esfumó, ante mí apareció la silueta de una mujer con todas las letras, una diva, una Amazona, una Dama… Sus ojos eran más verdes que el océano, su mirada, dueña de la mayor encrucijada, me perdí en ella, aunque debo confesar, mis ojos se fundieron en un escote redondo y perfecto, vestía de rojo, soberano rojo, endemoniado rojo… ¡Maldito Rojo!

Se metió en mi habitación y cerró tras si, solo pregunté.

- ¿Podría decirme quien es usted y que desea?
- Soy La Sra. Lemans y te deseo a ti…
- Perdón…, perdón…

Apoyando sus finas y largas uñas pintadas de rojo sobre mis labios, dijo.

- Calla…, soy un regalo del Castillo.
- Pero…
- Me han dicho que tú restauraras el Alcázar y como bienvenida, el Castillo te sede un presente, lo tomas o lo dejas… Tú decides, pero te advierto… Me gustas, no será sacrificio hacer el amor contigo…
- Pero…

Aquel pero quedó colgado de la nada, sus manos, ambas manos se metieron dentro de mi camisa, arañaron suavemente mis vellos y se clavaron ligeramente sobre mi piel, su boca acercase a la mía en sintonía perfecta, única, aletargada y el perfume brotando de ella misma… ¡Dios! Era morir y nacer, nunca antes lo había sentido, me embriagó a tal punto, que cerrando los ojos me dejé llevar por la algarabía de aquel regalo entregado, lo más probable, por los dueños de la propiedad.

No era la primera vez que sucedía, pues muchos hacían algo así, dar amabilidad a manos llenas, para silenciar algunas cosas.

La Sra. Lemans me tiró sobre la cama y cayendo sobre mi, me besó como jamás me habían besado, me hizo gemir de placer, de dolor, de amor y redención, pidiéndome en el momento sublime, que le entregará todo de mi, hasta la última gota de mis deseos, pero no lo hice, me detuve en contundencia total y girándola en mis brazos la dejé sobre limpias sábanas, libé de su cuerpo el elixir de Amor y sexo, recogí en mis labios la última gota de su esencia, degustando en tiempo preciso, tiempo de oro, aquello que sentía, la vida me debía, nunca actué así, estaba siendo tonto o loco… ¿Libando el placer de una cortesana? Más no, mi mente se reveló, ella no era una furcia, era una Dama, una Mujer entre mis brazos que moría de gozo y Amor, una Amazona en celo total, mujer de mil hombre pero de ninguno, no, no, no y mil veces o millones de veces no, imposible de sentir lo que estaba sintiendo…

Su esencia en mis labios me daba vida, sentía la revolución intacta y casi suicida de experimentar lo que nunca, ni siquiera en la peor o mejor de las relaciones carnales, amorosas, sexuales, sensuales o eróticas sentí, eso era una locura, se transformaba en malditos lamentos vestidos de sensaciones encontradas y desencontradas al mismo tiempo, de imposible reconocimiento de mi mismo, no sabia, tampoco me importaba saber quien era, sencillamente "Era" estaba allí y con eso era más que suficiente para lo que percibía mi piel, mi corazón y la fuerza misma de mi Alma, aquello, aquello ¡Por Dios! Aquello…

¿Qué era aquello? Violines sonando fuera y una tormenta que rompía entre relámpagos, truenos y rayos… ¿Acaso el premio porque a mis 40 años no descifraba lo que era el Amor, porque no sentí anteriormente esa cesación de vida y muerte? Lo desconocía y dejó de importarme el hecho de descubrirlo, tan solo la gocé, la disfruté, la añoré y la hice mía, apretándola entre mis brazos me metí tan dentro de su cuerpo que me dolió el Alma, lloró mi sangre y por supuesto, fue una maldita lágrima ocasionada por la emoción, que resbaló por mi barba, intenté calmarme pero no pude, quise irme y no me dejó….

Sus pechos en mi pecho, su boca en mi oído, su mano en mi pelo y su esencia en mi piel, recorriéndome completo, parecía que aquel elixir bebido de su cuerpo quemaba cada gota de mi interior, transformando mi sangre en su sangre, mi piel en su piel y sus deseos en los míos.

Rendido caí en su pecho y me dormí escuchándola decirme en susurro controlado.

- No restaurarás el Castillo.

Desperté tranquilo, aún guardaba su sabor en mi boca, su fragancia en mi cuerpo y la locura de un maldito momento... ¿Dónde estaba? NO se podía haber ido, de ser así...

Dispuesto estaba a buscarla en el mismo infierno si fuera necesario, por dicha razón, me vestí apresurado y salí, caminé llamándola, grité.

- Sra. Lemans, por favor dime que estás aquí, que no te has ido...

De pronto escuché una ventana golpear al cerrarse, el sonido provenía de la segunda planta, por eso me encaminé hacia las escaleras, ¿recuerdan las escaleras que vi la noche anterior? Sí, esas mismas...

Guié mis pasos hasta el medio mismo de aquella alfombra más roja que la sangre, quedando atrapado entre medio de ambos pasamanos, los escalones eran grandes, largos pero se iban volviendo más pequeño hacía arriba, mis ojos se perdieron hasta llegar al protervo centro, la pared en el segundo piso, esa perversa muralla guardaba un inmenso cuadro, con marco en oro puro, pero por Dios... Allí, de pie, vestida de rojo estaba ella, la Sra. Lemans, con su mirada perdida, más verde que el océano...

Pero ella... Ella... ¡Dios!

Regresé a mi habitación, tomé con ahínco los papeles que guardaban toda la información y leí, si leí mil veces la historia del Castillo...

Sra. Charlotte Lemans, nacida en 1789 - Fallecida 1829...Ella fue la primer Dueña del Castillo, ella lo mandó hacer, ella no existía... Ella se rehusaba, a que después de tantos años, viniera un intruso a restaurar y cambiar lo que a ella tanto le costó levantar...

Maldita Dama vestida de Rojo, bendita Mujer en mi lecho, quien no encontró mejor persuasión que hacerme el Amor como la peor de las mujeres, pero como la más digna de las Damas...

Noticia de Ultima hora...

El Castillo Lemans fue victima de un incendio, lo único que se ha rescatado es un cuadro, una pintura valiosísima la cual será rematada este sábado en la Bela Fregona de Roma, al parecer quien encontró el Castillo en llamas fue el Sr. Aníbal Reondoni. Restaurador profesional, quien estaba encargado de llevar a su origen a dicho Alcázar, el mismo que al llegar divisó fuego desde lejos y llamó a los bomberos, pero cuando ellos llegaron fue demasiado tarde.

Y me quedo cada noche dormido, viendo a esa… ll Dama De Rojo ll
Cada noche sale del cuadro y aún en mis labios duerme su maldita fragancia….
Bendito fantasma vestido de Mujer…

FIN

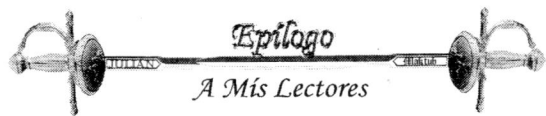

Epílogo
A Mís Lectores

Gracias por haber llegado hasta aquí y espero que: Sencillamente disfrutasen de la lectura.

Este no es un final, es simplemente el receso a otras historias venideras…

Gracias nuevamente y en el Silencio de la noche, allí donde guardes Mí Libro, estaré acompañándote, por eso cuando te sientas sola/o, caminá hasta donde me has dejado para que descanse y volveme a leer, será esa una forma de dar vida a tu soledad a través de crónicas reales algunas, otras sacada de Mí Alma para dar latido a personajes que toman vida propia para bailar en el gran salón de un Libro.

No me olvido de la Ventana

Nunca será Fin... Mejor dejemos la ventana abierta, así observamos calmadamente que: Más allá de los sueños existen realidades y también la posibilidad de ver las infinitas oportunidades pasar, pero solo está en nosotros estirar la mano y atraparlas...

Mirá por tu ventana y no dejes escapar la tuya...

Rostro Enmascarado

Maktub